JN089298

旦那様は心配症

秋桜ヒロロ

Hiroro Akizakura

Eternity

EB

エタニティ文庫

目次

旦那様は心配症

プロローグ

デートの約束をすると、三十分前には待ち合わせ場所にいて。

場所や時間は、しつこいぐらいに何度も確認する。

外出先でなにが起こっても良いように、準備は怠《おこた》らず。

まるで、映画に出てくる特別捜査官のように、周りの人を注意深く観察して、危険人物はいないかを把握《はあく》しておく。


私が好きになった人は、とっても心配症な人でした。

第一章　高坂《こうさか》夫婦の事情

高坂直樹《なおき》、三十四歳。営業部。

会社での通り名は、鬼の高坂。

極度の心配症のせいで行動は常に慎重を期しており、それゆえに周りの人間からは少し遠巻きに見られている。しかしながら、出世頭《しゅっせがしら》として販売マネジメント課の課長の座につき、次期部長のポストを目《もく》されている人物だ。

自分にも他人にも厳しいその姿勢から、彼は裏で『鬼の高坂』と呼ばれていた。

そんな彼は、今日も眉間に皺《しわ》を寄せながら書類を睨《にら》み付けている。

「うわ。今日の高坂、いつにも増して機嫌が悪いなぁ」

「なにかあったんですかね？　会議で使う資料に不備があったとか？」

「いや、それならはっきり言うだろ。あれは多分、部長と喧嘩《けんか》でもしたんだろうよ」

「あぁ。あの二人、仕事のことになると熱くなりますもんね」

課員の会話を右から左に聞き流しながら、直樹は眉間を押さえ、ふーっと長息した。

その怒りを吐き出すかのような仕草に、課員たちは身体をビクッと跳ねさせる。

あまりの恐怖に顔を青くしている者までいた。

一方、そんな鬼の高坂の頭の中には……

（……今朝の麻衣子《まいこ》さんも可愛かった）

花が咲いていた。

麻衣子というのは、一か月前に結婚した彼の妻である。

おっとりとしたその性格を表すようなふわふわの髪の毛に、低い身長。

直樹の隣をちょこちょこと歩き回るさまは、まさに小動物のよう。

常に万全を期す直樹とは違い、どこか抜けている彼女は、彼の庇護欲《ひごよく》を存分に掻き立てた。

彼女と結婚することになったきっかけは、三か月前。両親が勝手に決めたお見合いだった。

直樹はこれまで、それなりにモテてきた。女性に困ったことなどほとんどない。

しかし今まで付き合ってきた人からは、その性格ゆえに、『束縛しすぎ！』『干渉しすぎ！』と最終的にはフラれてばかりだった。

それを見かねた両親が、カラオケ仲間だった麻衣子の両親と結託をして、互いの子供たちをくっつけてしまおうと、勝手にお見合いを企画したのである。

当然、最初は気乗りしなかった。

恋愛しているより仕事をしているほうが数倍楽しかったし、そもそも女性そのものにあまり興味がもてなかったからだ。

なんなら、このまま一生独身でもいいと思っていたぐらいである。

しかし、両親の顔を立てないわけにもいかず、直樹はお見合いに参加した。

そこで、同じように無理矢理連れてこられたような顔をする麻衣子と会ったのである。

麻衣子と会った瞬間、直樹は驚きで声が出なくなった。

また、麻衣子も同じだったようで、二人は声も上げず、その場で見つめ合ったまま固まってしまった。


実は二人が会ったのは、その時が初めてではなかったのだ。


遡《さかのぼ》ること数か月前。一月のある寒い日のこと。

妹に頼まれて立ち寄ったとある雑貨屋で、直樹は麻衣子と出会った。

店員としてカウンターの中にいた彼女は、スーツ姿の男がいきなりファンシーな雑貨屋に入ってきて驚いたのだろう。直樹を認めるとびっくりしたように目を瞬《しばたた》かせた後、柔《やわ》らかく表情を崩し『いらっしゃいませ』と微笑んだ。

それを『可愛いな』と思ったのが最初だった。

県外に住む妹に頼まれてその雑貨屋に立ち寄ったのは、初めてではない。二か月に一度ほどの頻度で顔を出していたのだが、麻衣子を見たのはそれが初めてだった。

直樹はその日から自《みずか》らの意思で雑貨屋に立ち寄るようになった。

別に欲しいものがあったわけではない。

ただ、彼女の柔《やわ》らかな雰囲気に癒《いや》されたくて、三日にあげず通っていた。

直樹は雑貨屋を訪れると、一、二品ほど商品を買って、プレゼント用に包んでもらう。

そうすると、会話をする時間が長く確保できるからだ。

特に話したいことがあったわけではないし、共通の趣味があるわけではないので話題がなくなり困ることもあったが、いつでも優しく話を聞いてくれる彼女に直樹は毎回癒《いや》されていた。

彼女のちょこまかとした仕草を愛おしく思いながら、ペットなどを飼ったらこんな気持ちなのだろうかと、当初はそう思っていた。

買った物は一部を除き、大体県外に住む妹に送っていた。いきなりプレゼントを贈り始めた兄を訝《いぶか》しみながらも、彼女はとても喜んでいた。


そんな温かな日常が終わりを告げたのは、出会いから一か月ほど過ぎた頃。多忙だった仕事が一段落して、一週間ぶりに雑貨屋を訪れた時だった。

訪れた直樹を出迎えてくれたのは、麻衣子ではなく別の人間だった。

話を聞けば、麻衣子は本来この店の店員などではなく、怪我をした友人が回復するまで店番を手伝っていただけだったらしい。

『なにかありましたか？　言《こと》づてでもしましょうか？』

そう言ってくれた彼女の友人の申し出を断り、直樹は家路についた。

彼女に会えず、いつもより気落ちしている自分を目の当《ま》たりにし、その時初めて直樹は自分の気持ちを知ったのだ。


だから、再会した時は本当に驚いた。

麻衣子も覚えていてくれたようで、互いの両親が驚くほどすぐ意気投合した。

出会いがお見合いだったので、二人の結婚話はとんとん拍子《びょうし》に進み、そうして気がついた時には、嬉しくもこういう形に収まっていたのである。

現在は三か月後の結婚式に向けて、準備を進めている最中だ。


夫婦にはなったが、直樹と麻衣子はまだ出会って一年も経っていない。入籍したのはほんの一か月前だ。

相手のなにもかもを知っているとは言い難い関係だった。

それに、実はまだ身体を重ねてもいない。

直樹としては、すぐにでも……という気持ちはあるのだが、結婚式を三か月後に控えた今、彼女を妊娠させてしまうわけにはいかない。

普通なら避妊具を使えばいいと思うところだが、そこは直樹の心配症な性格が邪魔をしていた。

（避妊具の避妊率も一〇〇パーセントというわけではないですし、もし万が一にでも妊娠させてしまったら大変ですからね。ドレスの採寸もやり直しですし、悪阻《つわり》などで結婚式に出られなくなってもいけませんし……）

つまり、彼はセルフお預け状態を自《みずか》ら作り出していたのである。

また、麻衣子もそういうことに関して積極的ではないため、夫婦でありながらキスすらもしていないという、なんとも奇妙で面白い関係ができ上がってしまっていた。

ちなみにキスをしていない理由は、それだけで止められる自信がないという直樹の都合によるものだった。

「高坂！」

険しい顔で麻衣子との出会いを思い出していると、急に背中に衝撃が走った。

背中を平手で叩かれたとわかったのはその数秒後だったが、それよりも前に叩いた人物に思い至る。

「香川《かがわ》……」

唸《うな》るようにそう言いながら振り向くと、香川はわざとらしく自身の身体を抱き込み、身震いをしてみせた。

「やぁん。高坂こわーい」

香川は直樹の大学生時代からの友人で、会社の同期である。

学生時代からピリピリとした雰囲気で周りに人を寄せ付けなかった直樹に対して、唯一めげないで話しかけてきたのが彼だった。

就職先が同じだったことには驚いたが、彼はどうやら狙っていたようで『いやー、友人がいるほうがいろいろと楽じゃん？』と笑っていた。

穏やかな気性と明るい性格のおかげで、彼は『鬼の高坂』に対して『仏の香川』と呼ばれており、現在は営業二課の課長をしていた。

「なんだよ、そんな睨《にら》むなよー」

「なにか用ですか？」

「なにって、昼飯の誘いに来たんだろうが」

「昼？」

見回せば、もうフロアに人はほとんど残っていなかった。

「もう五分も前に昼休憩のチャイムが鳴ったぞ。もしかして気がついてなかったのか？」

麻衣子のことを考えすぎていてチャイムに気がつかなかったとは、さすがに言えない。

しかしながら、書類のチェックは終わっているし、午前中のうちに出しておきたかったメールもきちんと出している。

午後の仕事に差し支えるほど、意識は飛ばしてなかったということだろう。

「今日は食堂にするか？　外で食べるか？」

香川の言葉に、直樹は立ち上がる。

「ちょうどいいですね。明日、芹沢《せりざわ》コーポレーションの方がウチに来られるので、昼を食べつつ、その最終確認をしておきましょう。……担当は君ですよね」

「正確には、うちの若林《わかばやし》だけどな。俺は新人のフォローに入るだけで……」

「なら、実質君が取り仕切るんでしょう？　安心してください。若林君にも後から話をしておきます。うちの課からの引継ぎですからね。完璧にやっておいて損はないはずですよ」

香川はあからさまに嫌な顔をした後、「この心配症男め」と小さく毒づいた。

◆◇◆

その頃、高坂直樹の妻――高坂麻衣子は、友人である冨谷結花《とみやゆか》とカフェで待ち合わせをしていた。

「ごめんね、こんなところまで呼び出しちゃって」

約束の時刻ぴったりに待ち合わせ場所のカフェに現れた結花は、そう言いながら頭を下げた。

結花は小学校から付き合っている麻衣子の幼なじみで、今も親友だ。

「私のほうは大丈夫だよ。結花ちゃんこそお店、大丈夫？」

「平気、平気！　最近はアルバイトぐらいなら雇えるようになったからね。お取引先との打ち合わせも大切な仕事だし。麻衣子のアクセサリーって評判良いからさー」

幼い頃からお洒落《しゃれ》な物が好きだった結花は、現在市内に雑貨屋を開いていた。そう、麻衣子と直樹が出会ったのが、その雑貨屋である。

麻衣子はその雑貨屋に自《みずか》らの作った商品を卸《おろ》していた。

……と言うのも、麻衣子はハンドメイド作家なのだ。

作っている物は幅広く、定番のレジンで作ったアクセサリーから、鞄《かばん》や財布などの布物。マスキングテープなどのステーショナリーや食器などのデザインもしている。

彼女が作る物に共通しているのは、そのどれもに鳥があしらわれている点だ。インコやオウム、スズメやヒヨコ。過去にはフクロウやクジャクなんてものもデザインした。

この間、受注生産した妊婦用の腹巻きに、コウノトリをあしらったところ、その可愛らしさから追加でいくつも注文が入ったほどだった。

麻衣子が作った商品は、その可愛らしさとデザイン性の高さから人気が高く、自《みずか》らのホームページや専用のアプリでも販売しているが、どれも売り切れ状態が続いている。

普段は自宅で作業をしていることが多い麻衣子だが、たまにこうやって結花と打ち合わせをすることもあるのだ。

「今日は秋冬の商品の打ち合わせよね？」

「うん。結婚式の準備もあるのに悪いと思ったんだけど、うちのお客さんも結構期待してて。この前なんか『モーリスさんの秋冬の新作、楽しみにしてます！』って直接言われちゃって……」

結花は申し訳なさそうに眉根を寄せた。

ちなみに『モーリス』というのは麻衣子のハンドメイド作家としての名前である。

誰もが知る童話『青い鳥』を書いた、モーリス・メーテルリンクからきている。

「そう言ってもらえるのは嬉しいし、結花ちゃんのところに商品置いてもらえるの助かってるから、大丈夫だよ。結婚式の準備と並行して頑張る！」

「本当にごめんねー」

「大丈夫だって！」

平謝りする結花に、麻衣子はいつもより元気な声を出した。

そして、いたずらっ子のように笑う。

「その代わり、結婚式でのスピーチよろしく！」

「それは任せろ！　いや、任せてください‼」

元気の戻ってきた結花は胸を叩く。そんな彼女に麻衣子は「お願いね」と笑うのだった。


そのまま二人で、納品する商品と個数、デザインについて話し合った。

秋冬の新作にあしらう鳥はゴジュウカラとシマエナガにする予定だ。

ゴジュウカラは目のあたりに黒い線がある小さな青い鳥で、シマエナガは「冬の妖精」ともよばれる白いもふもふとした愛くるしい鳥である。

「ところでさ、結婚式のドレスとアクセサリー。自分で作る予定だって、なつきから聞いたんだけど。ほんと？」

話し合いが終わり、後はのんびりとお茶しようというところで、結花はそう切り出してきた。

なつきというのは、一年前に電撃結婚をした、二人共通の友人である。

あのおっとりとした彼女が医者と結婚したというのも驚きだし、すぐに子供ができたと聞かされた時には度肝《どぎも》を抜かれた。

「うん。一生に一回のチャンスだからさ。絶対にやってみたくて！　小さい頃からの夢だったんだ！　……正直、作るほうがお金も時間もかかっちゃうんだけどね」

「すごいわぁ、なにそのバイタリティ。あの旦那さんはどう言ってるの？　結婚式まであと三か月しかないでしょ？」

「『麻衣子さんが納得できるようにやってください。間に合わなかった場合のドレスはこちらで用意しておきますから』って」

「相変わらず、用意周到ねぇ」

結花は呆《あき》れ半分、感心半分という顔で息を吐いた。

直樹と結花は数度会っただけだが、彼女は、彼の時間を異様に気にする様や、物事においての慎重さを目《ま》の当たりにして、彼の性格をなんとなく理解していた。

「まさか、自分の店が友人夫婦の出会いの場になるとは思わなかったわねー」

「あはは。その節はお世話になりました」

「なに言ってるの！　お世話になったのはこっちよ！　あの時は本当にありがとうね。まさか新年早々事故に遭うとか思わなくて……」

「あの時は、ほんと大変だったよね」

当時のことを振り返りながら二人は笑う。

「でもなんか、麻衣子があゝいう人と結婚するとか、ちょっと意外だわ」

「なんで？」

「いや、麻衣子って結構のんびり系で、それでいて行動するとなったら直感で決めるタイプじゃない？　だから、あゝいう人を選ぶって思わなくて。タイプでいったら、二人って真逆でしょ？」

「まぁ、確かに」

現在、直樹と麻衣子は仲良く暮らしているが、日常での考え方が一緒かと聞かれれば、首を横に振らざるをえない。

それなのに二人がまったく喧嘩《けんか》をしないのは、互いに争いを好まない性格なのと、麻衣子がおっとりなのが理由に挙げられる。

（それに、なんだかんだいって、直樹さんが譲ってくれるんだよね）

新婚だからか、元々そういう性格なのか、直樹は麻衣子に甘い。

心配症な性格ゆえにいろいろ言ってくることもあるが、麻衣子がそれを嫌がれば、強制するようなことはしないのだ。

「で、どうなの？　直樹さんとはうまくいってる？」

「『うまくいってる』って？　うん。いい感じだよ。いい人だし、いろいろと気遣ってくれるし……」

「そうじゃなくて。……夜のほうとか」

結花の言わんとしているところがわかり、麻衣子は口に含んだコーヒーを噴き出しそうになる。それをすんでのところで押しとどめ、飲み込む。

咽《むせ》る麻衣子に、結花は目を瞬《しばたた》かせた。

「え？　まさか、してないの？　寝室は一緒なんでしょ？」

「それは、そうだけど……」

熱くなった頬を隠すように、視線をそらした。

寝る時の部屋は一緒だが、本当に一緒の布団で眠るだけで、直樹は麻衣子に指一本触れてこない。

「初めてってわけじゃないんだし。もったいつけなくてもよくない？」

「別にもったいつけてるわけじゃないし。それに……」

麻衣子はそのまま、またコーヒーを飲んだ。妙な沈黙が落ちる。

その歯切れの悪い言い方をする麻衣子を見て、結花は眉を顰《ひそ》めた。

「え。初めてとかじゃないわよね？」

「……別に、どっちでもいいでしょ」

麻衣子の反応に確信を持った結花は、大げさに声を上げた。

「え、本当に⁉」

「ちょっと、声大きいって！」

慌てて自《みずか》らの口に人差し指を当てる。

すると、結花ははっとした表情になり、あたりを見回した後おとなしくなった。

「でも、麻衣子って高校生の時、年上の人と付き合ってなかった？」

「まぁ……」

「なにもなかったの？」

「『なにもなかったの？』って。その時、私高校生だよ？」

高校生の頃、麻衣子は六歳年上の大学院生と付き合っていた。

名前は湯川昂史《ゆかわあきふみ》。

彼は同級生のお兄さんで、その子の家に遊びに行くうちに仲良くなり、付き合うようになった。

当時は六歳年上というだけですごく大人に見えたし、そんな大人な男性と付き合っているというだけで鼻が高かった。今思い返せば、本当に馬鹿な話だが……

麻衣子の言葉に、結花は首を横に振った。

「いやいや。高校生なら十分にあり得るって。それに、麻衣子は高校生だったかもしれないけど、相手はそれなりに年上だったんでしょう？」

「まぁ、六歳も上だったからね」

「それなのに、なにもなかったわけ⁉」

「いや、付き合った期間、三か月もなかったし！」

そうは言うが、実はなにもなかったわけではない。

キスはしたし、押し倒されもした。

そういう雰囲気になったこともある。

しかし、とある理由で麻衣子とその彼氏は最後まで致すことなく、押し倒された翌日に別れることになった。

そして、その出来事がきっかけで、麻衣子には男性とそういう行為をすることに躊躇《ためら》いが生まれてしまったのである。

興味がないわけではない。

ただ、そういうことをするのに積極的になれない事情ができてしまったのだ。

なので以来、誰とも付き合えなかったし、付き合おうとも思わなかった。

だから直樹とのこの距離は、逆にありがたくも感じていた。

「まぁ、麻衣子はあんまりそういう欲なさそうだもんね」

なにも知らない結花はそう言うと、頼んでいたケーキにフォークを刺した。

「でも、直樹さんはしたいかもよー」

「ええ⁉」

「結婚する前に『絶対エッチなことはしません』みたいな約束はしてないわけでしょ？」

「そうだけど……」

「それともなに？　直樹さんと、そういうことをするのが嫌なわけ？」

「そういうわけじゃないんだけど……」

頬が熱くなる。

ぐっと近づいてくる熱い胸板。いつもは眼鏡の奥に隠れている、切れ長の日。身体を這《は》う、冷たい指先。

結花の言葉に思わずそういう想像をしてしまい、麻衣子は顔を上げられなくなった。

「それなら、心の準備、しといたほうがいいかもね」

「心の準備、って言われても……」

麻衣子はそう零しながら、頬の火照《ほて》りを冷ますように、顔の前で手をパタパタさせた。


その日、直樹はいつも通り夕食前に帰ってきた。

どちらが食事を作るとは決めていないのだが、大体、家にいる時間の長い麻衣子が食事作りを担当していた。

あとの洗い物は、作らなかったほう——直樹の担当である。

その日のメニューはそうめんと玉ねぎと山菜の天ぷら。それと、トマトのサラダである。

そうめんは直樹宛にお中元でたくさん届いたものだった。

食事中、麻衣子は箸を宙《ちゅう》に留めながら呆《ほう》けていた。

頭をめぐるのは昼間の結花の言葉。

『それなら、心の準備、しといたほうがいいかもね』

そう言われると、少し構えてしまう。

(もしかして、直樹さんはそういうことしたいのかな……)

今まで考えなかったわけではないが、直樹があまりにも自分に手を出してこないので、彼も今の状況が心地良いのだと考えてしまっていたところはある。

しかし、もし彼が求めてくれるのならば、麻衣子だってやぶさかではないのだ。

自分から求めるのは、恥《は》ずかしさや過去の出来事も相まって躊躇《ちゅうちょ》してしまうが、彼が一言『したい』と言ってくれれば応《おう》じる気ではいる。

というか、好きな人に求められること自体は素直に嬉しいのだ。

それに、彼ならばちゃんと受け止めてくれるのではないかという期待もある。

そんなことを考えながら麻衣子は、ぐるぐるとそうめんのつゆを掻き混ぜた。

器の中で回る薬味を見ながら、麻衣子は物思いにふける。

(直樹さんは私とそういう……いやいや！　なんか、それはない気がする！　そりゃ、男の人だし、そういう願望がまったくないわけじゃないんだろうけど。直樹さん淡白そうだし。恋愛に興味とかあんまりなさそうだし……)

「……いこさん」

(一か月一緒に暮らしてきたけど、まったくそんな気配なかったし。なんなら、触れるのさえ躊躇《ためら》ってる節があるし!!)

「ま……こさん」

（でも、これからずっとこのままってことも多分ないよね。どこかでそういうタイミングはくるわけで、どちらにしても心の準備は――）

「いこ……さん――麻衣子さん！」

耳に届いた声に、麻衣子はっと顔を撥《は》ね上げる。

「はっ！　すいませんボーッとしてました！」

「大丈夫ですか？　熱でもあるんじゃ……」

心配そうな顔で、直樹は麻衣子の額《ひたい》に手を当てた。

ひんやりとした手のひらが、火照《ほて》った顔に心地がいい。

麻衣子は困ったように笑い、頭を下げた。

「大丈夫です。すみません、心配させて……」

「いいえ、大丈夫ならいいんです。でも、なにかあってからでは遅いですからね。念のため、救急病院に行っておきますか？」

「行きませんよっ⁉」

救急病院という単語に、思わず声が大きくなった。

「しかし……」

「こんなことで働かされたら、お医者さんが可哀想です」

「でも、万が一ということも……」

「億が一でもありません！」

心配症も、ここまでくると困りものだ。

直樹は麻衣子の答えを受けて立ち上がり、彼女の椅子のすぐそばまでやってきた。

「そうですか。それでは……」

箸を取られ、机に置かれる。

なにをするのかと見上げていると、彼は突然、麻衣子を抱き上げたのだ。

いわゆる、お姫様抱っこというやつである。

「ひゃあっ！」

突然の出来事に、麻衣子は思わずひっくり返った声を上げてしまう。

落ちないようにと彼の首に腕を回すと、彼は膝裏と背中に回していた腕を、しっかりと自分に引き寄せた。

ぴっとりと身体がくっついて、どぎまぎしてしまう。

直樹はそのまま麻衣子を寝室まで連れていく。

「今日はもう寝て、ゆっくり治してください」

「ちょっと、ひ、一人で歩けます！」

「ダメです。熱でふらついて、転《こ》けてはいけませんからね」

「転《こ》けません！　熱もありません！」

本当に心配しすぎだと声を上げると、彼は首を捻《ひね》った。

「そうなんですか？　おかしいですね……」

彼は麻衣子の身体をぎゅっと自分のほうに寄せた。

額《ひたい》同士がぴったりとくっつく。

「熱はあるようなのに……」

その瞬間、血が沸騰《ふっとう》した。

喉がカラカラに渇き、全身から汗が噴き出した。

いつも冷静沈着で涼しい表情をしている彼の顔も、少し赤く見える。

「こ、これは直樹さんが――」

「俺が？」

「なんでもないです！」

「教えてください。俺が原因なんですか？」

「原因じゃないです!!」

詰め寄ってきた顔を押しのけて、麻衣子はこれ以上顔を見られないようにと、ぎゅっと彼の身体に抱き着いた。

そうして、麻衣子はなかば無理やりベッドに寝かされたのだが……

「三十六度七分。微熱ですかね」

「平熱ですよ」

体温計を見ながらそう言う彼に突っ込みを入れつつ、麻衣子は布団を鼻までかぶった。

「でも、平熱にしては少々高い気もしますが」

「それは……」

直樹のせいだと言いそうになったのを呑み込む。また先ほどのやり取りを繰り返すつもりはない。

直樹はベッドのふちに腰かけながら、麻衣子の頭を撫《な》でた。

その顔には、珍しく笑みが浮かんでいる。

「しっかり寝て、治してくださいね。風邪は万病のもとと言いますから。……なにか欲しいものはありますか？」

ありません、と口にしかけたその時、また麻衣子の脳裏に昼間の結花の言葉が蘇《よみがえ》ってきた。

『でも、直樹さんはしたいかもよ～』

麻衣子だって、キスぐらいはしたいと思っている。

彼から直接気持ちを聞いたことはないが、結婚したのだから一応は両想いだろう。キスぐらいはねだってもいいはずだ。

麻衣子はうつむきながら直樹の袖《そで》を引く。

「あ、あの。じゃ、おやすみの……キ、キスが欲しいです」

最後のほうは、小さすぎて聞き取れないぐらいの声しか出せなかった。

麻衣子が視線を上げると、直樹は驚いたような顔で固まっていた。蚊《か》の鳴くような声だったが、どうやらちゃんと届いたらしい。

直樹は険しい顔で逡巡《しゅんじゅん》した後、躊躇《ためら》いがちに麻衣子の頬を両手で包んだ。

「仕方が、ないですね」

上を向かされて、麻衣子は目をぎゅっと閉じた。

真っ黒になった視界で、心臓の音だけがやけにうるさく響く。

キスをするのは初めてではない。けれど、まるで初めてのような緊張感で麻衣子の身体は硬くなった。

直樹の顔が近づいてくる気配がする。唇に彼の吐息を感じて、唇が震えた。

しかし、彼の気配はすぐに唇から遠ざかり――

次の瞬間、おでこに柔《やわ》らかい感触を得た。

（え？）

ちゅっと、軽いリップ音が寝室に響いて、彼の気配が遠くなる。

麻衣子は目を開けた。すると、直樹はもう扉の前で、ドアノブに手をかけていた。

「えっと、あの……」

「麻衣子さん、おやすみなさい」

「あ、はい」

完全に気の抜けた返事をしてしまう。

直樹はまるで逃げるように、そそくさと部屋を後にしてしまった。

◆◇◆

（危なかった……）

直樹は廊下に出た後、寝室の扉の前で顔を覆《おお》っていた。

ねだられるままに唇にキスをしてしまったら、どうなっていたかと思うとぞっとする。

直樹だって、直前まではキスだけなら大丈夫だろうと思っていた。

しかし、彼女から漂うショコラのような甘い香りに、一瞬だけ『このまま最後まで……』

と理性が飛びそうになったのだ。

それをすんでのところで押しとどめ、額《ひたい》に唇を落とした。

麻衣子はびっくりしていたが、額《ひたい》だろうが唇だろうがキスはキスである。

「頭でも冷やしてきますか」

そう呟いてから直樹は風呂場へ向かった。

第二章　思わぬ再会

本当に体調が悪かったのか、ずいぶん遅くまで寝てしまったようだ。

翌朝起きた時にはもう直樹の姿はなかった。

窓から覗《のぞ》く日は相当に高い。昼前といったところだろう。

「直樹さん、起こしてくれても良かったのに……」

麻衣子はベッドから起き上がる。

朝食も基本的には麻衣子が作ることが多い。

作らなくても別段文句は言われないし、逆に作ってくれている時もあるのだが、なんとなく今日は自分が作りたかった。

昨日そのまま寝室に連れていかれたので、身を綺麗《きれい》にしようとシャワーを浴びる。

風呂から上がり、リビングの食卓テーブルを見ると、彼が作った朝食が並んでいた。

そして、隣には見知らぬ茶封筒が一つ。

「え？　これ……」

麻衣子は封筒を開き、中身を確認した。中には、よくわからない資料と契約書の雛形《ひながた》のようなものが入っている。

「これって、確か昨日、直樹さんが見てたやつだよね……」

夕食の準備をしている時、直樹はこの書類を見ながらぶつくさとなにか独り言を呟いていた。

麻衣子が尋ねると……

『これですか？　明日、打ち合わせで使う資料の確認をしていたんですよ。何度も確認をしたので大丈夫だとは思うんですが、一応』

と言っていた。

「『明日使う』って、今日使うってことだよね⁉　え。でも、直樹さんに限って忘れ物とか。まさかそんな……」

人一倍心配症な彼が、打ち合わせで使う資料を家に忘れるなんてあり得ない。

そう思う傍《かたわ》らで『本当に忘れ物だったらどうしよう』と心配をする自分がいた。

とりあえず、麻衣子は直樹のスマホに電話をかけてみる。しかし、仕事の最中だからか彼は出なかった。

（届けに行ったほうが良いかな？　だけど、余計なお世話だったらどうしよう。……でも、これがなくて困ってたら……）

河童《かっぱ》の川流れ。弘法《こうぼう》にも筆の誤り。天狗《てんぐ》の飛び損ない。

普段から細心の注意を払って生活している直樹でも、忘れ物をする時はあるだろう。それがもしかしたら今日なのかもしれない。

幸いなことに、二人の暮らすマンションと直樹の勤めている会社は、比較的近い。三十分と経たず会社にたどり着けるだろう。

「私が直接会わなくても、フロントに渡しておけば良いし。私の勘違いなら、それはそれでいいしね！」

麻衣子はつけたばかりのエアコンを切って家を出た。


会社のロビーに着いた麻衣子は、ちょっと泣きそうになっていた。

「あ、あの！　これを直樹さんに渡してもらえれば良いだけなんですけど」

「すみません。社の規定により、どなたかわからない方の個人的な書類は受け取れないことになっています」

「えっと。だから、私は高坂直樹の妻で……」

「今、本人を呼んでいますから、少々お待ちください」

「えぇー……」

こんなことになるのなら、来るんじゃなかったと、麻衣子は後悔していた。

(どうしよう。このままじゃ、直樹さんの邪魔になっちゃう……)

直樹の仕事が忙しいのは、麻衣子も知っていた。

彼は毎日きちんと夕食時までには家に帰り、一緒に食卓を囲んでくれる。しかし、夕食を食べた後はいつも持ち帰りの仕事を始めてしまうのだ。

それが終わるのは、いつも日付が変わる手前。

家にまで仕事を持ち帰らなくてはならない直樹だ。こんなふうに呼び出して手間を取らせたくない。

「麻衣子さんっ！」

内線で呼ばれたのだろう。正面のエレベーターの扉が開き、直樹が駆け寄ってきた。

その顔は明らかに麻衣子のことを心配している。

麻衣子はますます申し訳なくなり、縮こまった。

「どうしたんですか、こんなところまで来て」

「あ、あの。書類を届けたくて……」

麻衣子は抱えていた茶封筒を、おずおずと手渡す。

直樹は茶封筒の中身を確認すると「あぁ」と声を漏らした。どうやら事態は呑み込めたらしい。

「直樹さんに限って忘れ物なんてするはずないと思ったんですけど、万が一ってこともあるから……。それに、今日必要だったらどうしようって心配になっちゃって。……もしかして、いりませんでした？」

「はい」

簡潔なその返事に、麻衣子は頭の上に金盥《かなだらい》が落ちてきたような衝撃を受けた。

直樹は続ける。

「これは原本ではないんですよ。家で確認をしようと思ってコピーして持ち帰ったんです。紛らわしかったですよね」

「そ、そうだったんですか。すみません……」

（なんだか泣きたくなってきた……）

そそっかしい自分を殴りたい。

うつむく麻衣子の頭を、大きな手が撫《な》でた。

見上げると、優しく微笑む直樹の顔がある。

「謝らないでください。俺のことを心配して届けてくれたのでしょう？　その気持ちだけで嬉しいですよ。ありがとうございます」

「でも、お仕事の邪魔しちゃって……」

「大丈夫です。ちょうど昼休憩に入ったところだったので」

「……それはますます申し訳ないです」

直樹はフォローのつもりで言ったのかもしれないが、『仕事の邪魔をしてしまった』と同等な勢いで『せっかくの休憩を邪魔してしまった』というのも、結構くるものがある。

麻衣子が自己嫌悪に陥《おちい》っていると、ふいに背後で人の気配がした。

「え？　もしかして、……麻衣子？」

どこか懐かしい声でそう呼ばれ、麻衣子は振り返った。

視線の先には、見たことのある男性が驚いた顔で固まっていた。

しかし、どこで見たかまでは思い出せない。

すらりと伸びた身長も、引き締まった身体も、短く切りそろえられた髪の毛も、見覚えがあるけれど——

「俺だよ、俺。湯川！」

「え？　……あ、昂史さん⁉」

名前を言われて初めて、彼の正体に思い至る。

そう、彼は麻衣子が高校生の時に数か月間だけ付き合った、湯川昂史その人だった。

「まじかー！　こんなところで会うなんてな！」

付き合っていた頃と変わらない気さくな笑顔で、彼はそう言いながら近づいてきた。

笑った時の笑窪《えくぼ》も、人懐っこい大型犬のような容姿も当時と変わらない。付き合っていた頃と比べて少し貫禄《かんろく》はついているが、変化といえばそれぐらいだ。

「十年以上は経ってるよな。ほんと、久しぶり！」

「ははは……お久しぶりです」

麻衣子は苦笑いで彼の登場を受け止めていた。

彼とは確かに付き合ってはいたが、いい思い出があまりない。

いや、もしかしたらあったのかもしれないが、最悪な別れ方をしたせいで彼に関する思い出はすべて嫌なものへと変換されていた。

昂史はひょうきんで面白い人間だがデリカシーがなく、そんな彼と付き合ううちに麻衣子は男性と付き合うこと自体に抵抗を感じるようになった。

友人として付き合うにはいい人だとは思うが、恋人としてはもう二度とごめんである。

昂史は何年経っても変わらない人懐っこい笑みを見せた。

「もしかして、麻衣子はここに勤めてるのか？」

「いや、それは……」

「失礼ですが、貴方は？」

ぐっと肩を抱き寄せられたかと思うと、頭上に直樹の低い声が降ってきた。

見上げたところ、直樹の機嫌の悪そうな顔がそこにある。

両肩に感じる彼の体温に、麻衣子の身体は緊張で硬くなった。

昂史は明らかに不機嫌な直樹に気づいていないのか、笑顔で名刺を差し出してくる。

「あ、芹沢コーポレーションの湯川です。ちょうど近くで仕事がありまして、少し早いと思ったんですが立ち寄らせていただきました」

そして、そのままのカラッとしたテンションでこう続けた。

「もしかして、二人ってそういう関係なんですか？　恋人？　もしかして、夫婦だったり？」

無遠慮なその台詞《せりふ》に、体が熱くなる。

しかし、直樹はまったく動じることなく「夫婦です」と簡潔に返した。

その肯定が嬉しくて、麻衣子の頬はわずかに緩む。

『夫に会いに会社まで来た妻』という関係と状況を理解した昂史は、にやりと下衆《げす》っぽい笑みを浮かべて二人にまた近づいた。

「じゃぁ、もう麻衣子の秘密も……」

「昂史さんっ！」

麻衣子は慌てて昂史の口を押さえた。

先ほどまでの幸せな表情が一転、彼女の顔は強張《こわば》っている。

眉根を寄せたのは直樹だった。

「秘密？」

「直樹さんは気にしないでください！」

麻衣子は赤ら顔で首をぶんぶんと振る。

その様子が気に入らなかったのか、直樹の目はどんどん据わっていく。

「麻衣子さん、彼との間に俺に言えない秘密でもあるんですか？」

「そ、そういうわけじゃないんですけど……」

「なら、教えてください」

「い、嫌です！」

若干涙目になった麻衣子がそう叫ぶ。

この秘密を昴史に馬鹿にされたことがきっかけで、麻衣子と彼は別れたのだ。

彼女にとってはトラウマものの『秘密』である。

麻衣子の手を自分の口から外した昴史は、そんな二人の様子を見て「ふーん」と余裕の笑みで頷いた。

「つまり、まだ綺麗《きれい》な関係ってことなんですね」

「ちょっと！」

「わかったわかった。もう言わないから、口押さえるのはやめろよ」

付き合っていた時のような気さくな態度で、彼は麻衣子を追い払う。

麻衣子も付き合っていた頃を思い出し、彼に対する遠慮がなくなっていた。

「ほんともう、そういうところ昔から全然変わらないんだから！」

「悪かったって。それにしても麻衣子はずいぶんと変わったな。昔はあんなにしおらしかったのに。今みたいに怒ったのだって別れる直前だけで……」

「あれは、年上の昂史さんに気を遣ってたんです！　本当なら──」

「別れる？」

直樹の眉がピクリと反応する。

その呟きに返したのは昂史だった。

「あぁ、俺……私たち、昔付き合ってたんですよ。元カレ、元カノってやつです」

取引先の相手だからか『俺』を『私』に言い換えて、昂史は笑う。

麻衣子にしてみれば、もっと気を遣うところが別にあるだろう！　と思うのだが、デリカシーのなさはいまだ健在のようで、彼は悪びれもしない顔で続けて爆弾を落とした。

「でも、夫婦なのにまだあの秘密を知らないのかー。……つまり、私のほうが麻衣子のことを知ってるってことですね！」

「は？」

「昂史さん！」

麻衣子が叫び、直樹の顔が険悪どころか邪悪になったところで、昼休憩終了を知らせるチャイムがロビーに鳴り響いた。

その夜、麻衣子は夫婦になって初めてのピンチを迎えていた。

「麻衣子さん、『秘密』ってなんですか？」

背中には壁、正面には直樹という位置に正座し、麻衣子は頬に冷や汗を流していた。

両サイドには麻衣子が逃《のが》れられないように直樹の手が置かれており、少女漫画に出てくる壁ドンのような格好になっている。

不機嫌さを露《あら》わにしている直樹の顔に、麻衣子はいつもとは違う意味でドキドキした。

なんだかもうドキドキというよりはドギドギといった感じである。

「い、言えません！」

「……なぜですか？」

「言えないからです！」

バレるならともかく、自分で言うのは気が引ける。

それに、昂史は『秘密』という言葉を使ったが、そんな大げさなものではないのだ。

隠していて日常生活に支障をきたすようなことではないし、人によっては気にしないことかもしれない。現に麻衣子だって昂史に指摘されるまで、そのことに思い至らなかったぐらいだ。

直樹は麻衣子に、ぐっと身体を近づける。

彼のうしろでは、でき上がったばかりの夕食がホカホカと湯気を上げていた。

食事よりも麻衣子の秘密が気になる様子の直樹である。

「俺と君は夫婦でしょう？　なのに、なんで俺が知らないことを彼が知ってるんですか？　納得いきません」

「そう言われましても……」

「もしかして、その秘密をネタに脅《おど》されてるわけじゃないですよね」

「脅《おど》されてはないです。そもそも、今日会ったのだって十数年ぶりなんですよ」

「それなら、これから脅《おど》されるかも……」

「さすがにそれはないですよ」

話の方向性が徐々にずれてきているのを感じつつも、麻衣子はそう返す。

昂史はデリカシーのない男だが、そんな陰険なことをする人ではない。

彼は、無邪気に人を傷つける天才なだけだ。

「わかりませんよ。時間は人を変えますからね」

「見た感じ変わってなかったですけどね」

「いつそういうことになってもいいように、ＩＣレコーダーを今度から複数台持っておきましょう。スタンガンと防犯ブザー、警棒も必須ですね」

「必須？　それはもしかしなくとも、私が持つってことですか？」

「あたりまえでしょう。俺が持っていても仕方がありませんからね。今日中に注文して、明日には届くようにしておきますね」

何事も慎重なのは結構なことだが、無駄な行動力はいらないなぁと実感する麻衣子である。

だからといって嫌いになるわけではないのだが、もう少し手加減してもらえるとありがたい。

その状態で職務質問にかけられた日には、捕まるのは麻衣子のほうである。

直樹は心配症のギアを上げたまま、さらに続ける。

「麻衣子さん、今度から帽子とマスクとサングラスをして外に出るように！　家の鍵も増やしておきましょうか。あと一つ……二つは欲しいですね。防犯カメラも付けたほうがいいでしょうか？」

いったい彼は、どんな厳重装備を付けるつもりなのだろうか。

そもそも、鍵を増やしたり防犯カメラを付けたりだなんて過剰な防犯を、このマンションの管理会社が許してくれるかどうかもわからない。

「というか、念のため半年は外出を控えてくれませんか？　もしなにかあった場合のことを考えたら……」

「なにもないですから、とりあえず落ち着いてください!!」

鍵を増やすのではなく、防犯性の高いものに付け替えるという折衷案《せっちゅうあん》で、直樹を納得させたその数日後。

◆◇◆

麻衣子は雑貨屋に卸《おろ》す作品のデザインを確認するために会うことにした結花と、一緒に昼食を取っていた。場所はいつものカフェである。

今日はこのまま結花と夕食も食べる予定になっていた。

夕食はいつも家で直樹と取るのだが、今日は珍しく会社の送別会に参加する予定になっている。だから、ちょうど会う予定になっていた結花を、先ほど夕食に誘ったのである。

麻衣子は結花に昂史と再会したことと、数日前のことを話していた。

「あははは！　最高!!　直樹さん、ホント最高!!」

「もー、笑い事じゃないんだから！」

目尻に涙を溜めながら大笑いする友人に、麻衣子は頬を膨らませる。

「いやー、ホントどうしてそういう思考回路になるのかわからないわぁ。心配症も極まると大変ねー」

「だから、笑い事じゃないんだって！　危うく家の鍵を五個にされるところだったんだよ？　しかも、防犯カメラ三台付き！」

いかに麻衣子が直樹のことが好きで、彼に甘いと言っても、譲れるところには限界というものがある。

もし、麻衣子が一人でこのマンションに住むのなら、まず鍵の付け替えなんて考えない。オートロックがある上に、マンションの管理会社が住人が変わるたびに鍵を付け替えてくれているのを知っているからだ。防犯カメラなんて、もってのほかである。

しかし、防犯を強化したいと言う直樹の主張を全部押しのけるわけにもいかないので、鍵の付け替えだけは承諾した。

つまり、これでも結構譲歩しているほうなのである。

「まぁ、確かにそれは笑い事じゃないけど。でも、愛されてるって感じしない？　結局、それって全部麻衣子のためでしょう？」

「それは、そうなんだけどね……」

「なによ、煮え切らない返事ね」

目を瞬《しばたた》かせる結花に、麻衣子は苦笑いを零した。

思い出したのは、数日前の夕食時の直樹とのやり取りだ。

その日にした結花との会話が原因で食事中に呆《ほう》けていた麻衣子は、直樹に体調が悪いのではないかと疑われ、寝室に運ばれた。

もちろん体調は悪くなかったのだが、直樹の強引さに、抵抗むなしくベッドに寝かされる羽目になった。

そこで『なにか欲しいものはありますか?』と聞いてきた直樹に、麻衣子は思い切ってキスをねだったのだが……。

「結局、額《ひたい》にキスされただけで終わったと」

「うん」

麻衣子は納得がいかないという顔で頷いた。

「まぁ。その場合、普通唇にするわよね。麻衣子が勇気ふり絞ってるわけだし」

「そう、よね」

他人が考えてもそうなのかと、麻衣子は落ち込んで頭を下げた。

「もしかして直樹さん、私とそういうことしたくないのかな……」

それならば、寝室が一緒ながらまったく手を出してこないことにも頷ける。

結婚してみたはいいが、麻衣子に対してまったく食指が動かないとか、そういうことなのかもしれない。

二人の出会いは雑貨屋だが、結婚するきっかけはお見合いだ。

きっかけがどうあれ、互いに想いあって結婚したという事実は変わらないが、二人とも両親に急かされて結婚を決めたという面もある。

もしかしたら、表情には出さないものの、直樹は結婚を急ぎすぎたと後悔しているのかもしれない。

そこまで考えて、ずーんと気が沈んだ。

「ま、ただ単に気分じゃなかったからって可能性もあるわよ。気にしなくてもいいんじゃない？　それに、風邪をうつされたくないって思ったのかもしれないし」

「そう、なのかな」

「そうそう！　こういうのは気にするだけ無駄よ！　もしかしたら、こう、がーっと急に襲ってくるのかもしれないし！」

「それはそれで……」

麻衣子は困りながら笑う。けれど、からりと笑う結花を見ていると元気が出てきた。こういう時の彼女は本当に助けになる。

「あ、そうだ。湯川って名前で思い出したんだけど、麻衣子って同窓会いくの？」

「うーん。ちょっと悩み中」

ちょうど昨日、昂史の妹で友人の沙百合《さゆり》からメッセージアプリを経由して、二人を含む同窓会のグループの元に同窓会の案内が届いていた。開催は一か月後。場所は地元の大きなホテルの宴会場になっていた。

麻衣子の実家の近くなので、今住んでいるところから電車で四十分ほどはかかる。

もしも行くのならば、その日は実家に泊まったほうが良いだろう。

メッセージアプリの返信を見る限り、結構な人数が参加予定のようだった。

「沙百合には会いたいんだけど、昂史さんには会いたくないんだよねー……」

イベントが大好きな昂史のことだ。妹の送迎にかこつけて、同窓会に参加してくる可能性は十分ある。そうなれば、あのノンデリカシー大王の口からなにが飛び出すかわかったものじゃない。

それに、昂史と再会した時、直樹は嫌そうな顔をしていた。

彼を心配させてまで行くメリットが同窓会にあるのかと聞かれたら、首を捻《ひね》るほかない。

「やっぱり、やめとこうかな。別に同窓会に参加しなくても、会いたい人には会えるしね」

「そっかー。麻衣子が行かないんなら私も行くのやめようかなー」

背中を伸ばしながら、結花は首を捻《ひね》る。

彼女は同窓会を楽しみにしていたはずだ。

メッセージアプリの返信にも、いの一番に答えていた。

「ええ。結花ちゃん楽しみにしてたじゃん」

「そうなんだけどねー」

「なら、行っておいでよ！　私のことは気にしないで良いからさ！　帰ってきたら、いろいろと話聞かせてくれると嬉しいな！」

屈託のない麻衣子の笑顔に、結花は「じゃぁ、そうしようかしら」と笑みを浮かべた。

◆　◇　◆

隣の人間の声も聞こえないほどの喧噪《けんそう》の中、直樹は一人ビールのグラスを傾けていた。

目の前には、赤ら顔で芸人のものまねをする同僚と、それを見て笑う上司。周りの人間たちは、はやし立てるように手拍子《てびょうし》を打っていた。

両隣には、妙に身体をくっつけてくる女性たち。

さっきまでは確か両隣は男性だったはずなのだが、いつの間に入れ替わったのだろうか。

「こうさかさぁん。まだビールですかぁ？」

「こっちの、赤ワインも美味《おい》しいですよぉ」

甘えた声で身体を押しつけられる。

腕に胸が当たるが、なんとも思わなかった。

彼にとって、麻衣子のものでなければ、胸などただの贅肉だ。

直樹は鬱陶《うっとう》しく思いながら、短く息を吐き出す。

「遠慮しときます」

「こうさかさん、つめたいー！」

「こういう場なんですから、交流しましょうよ！　交流！」

直樹は営業部で『鬼の高坂』として恐れられている人間だ。しかし、それも部内に限っての話。他部署の女性たちから見れば、彼は顔もルックスも良くて仕事ができる、ただの優良物件なのである。

ついでに言うなら、彼女たちは直樹の面倒な性格も知らないのだ。

麻衣子と結婚してから、こういうあからさまなアプローチは減ってきたのだが、やはり酒が入ると多少緩んでしまうらしい。

それともお酒が入っているからこそ、ワンナイトラブぐらいならばあり得ると思っているのだろうか。

「こうさかさんー。そーいえば、ご結婚されたんですよね。おめでとうございますぅ」

「結婚式って営業部の方しか呼ばれないんですよね？　私も行きたかったぁ！　写真、楽しみにしてますねー」

このままでは直樹の興味が引けないと思ったのか、女性たちは話題を変えてきた。

話が結婚のことに触れ、直樹は片眉を上げる。

「奥様ってどんな人なんですかぁ」

「いつ、どこで知り合ったんです？」

その質問に直樹は短く「お見合いです」とだけ返す。

彼女たちに雑貨屋での出会いのことなど話してもしょうがないだろう。

直樹の答えに、両隣の女の子たちは小さく悲鳴を上げた。

「えー！　高坂さん、なんでお見合いなんかしちゃったんですかー！　お見合いなんかしなくても、いくらでも相手見つけられたじゃないですか！」

「うちの部署でも、高坂さん良いなって人多いですよ？」

「なになに？　なに盛り上がってるの？」

女性たちの甲高い声に、今度は噂と女好きで有名な広報部の白鳥《しらとり》が輪に加わる。

「高坂さんの結婚相手、お見合いで知り合った人らしいですよ！」

「それ俺も聞いたわ。なんか、互いの両親が知り合いとかだったんだろ？」

「えー、なにそれ！　ずるーい!!」

なにがずるいのかまったくわからないが、直樹の左側に座る女性は不満げに口をへの字に曲げた。

「高坂さん、結婚相手に不満とかないんですか？」

「不満なんてありませんよ」

直樹は、はっきりと言い切る。

反応が返ってきたのが嬉しかったのか、彼女たちの声は少し高くなった。

「うっそー！」

「そんなこと言いつつも、少しはありますよね？ 無理矢理結婚させられたんだし！」

どうやら彼女たちの中で『お見合い＝望まぬ結婚』という図式が完成しているらしい。

少々うざったく感じてきた直樹は、ビールの入っているグラスを持ったまま立ちあがる。

「彼女に不満なんてありませんよ。……それでは。俺は少し静かなところで飲みたいので、失礼しますね」

もう、席の場所なんてあってないようなものだ。現に、彼女たちも白鳥も、どこから来たのかわからない。去って行く直樹を見ながら、女性たちは「もう、ああいうクールなところがいいのよね！」「奥さん、めっちゃ羨《うらや》ましい‼」と声を上げていた。

「でもさ。聞いた話なんだけど、あいつ奥さん以外に……」

どうせまた根も葉もない噂を垂れ流しているのだろう。

白鳥の声を背中で聞きながら、直樹はそのまま比較的人の少ないところへ移動した。

店の中央付近では、先ほどからずっと変わらず同僚たちが騒いでいる。

店を貸し切りにしての送別会だからいいものの、他に客でもいればクレームにつながっていた案件だろう。

直樹は端のテーブルに移動し、息をついた。

「はぁ。……帰りたい」

先ほど結婚の話題が出たからか、頭に麻衣子の顔がちらついて離れない。元々飲み会自体もそんなに好きではないのだ。

今日だって、お世話になった先輩の送別会だから参加しただけで、ただの飲み会ならば絶対に断っていた。

グラスが空《から》になったので、ビールを追加で頼む。すると、注文を間違えたのか、手元に日本酒のグラスがやってきた。飲み放題のプランなので、なにを飲もうが値段が変わることはない。なので、店員になにか言うことなく、直樹は黙ってグラスに口をつけた。するとあっという間に身体がかっかと燃えるように熱くなってくる。

「のんでるかー？」

聞き慣れた声がして、隣に誰か腰掛ける。

見れば、赤ら顔の香川が隣に座っていた。手にはビールを持っている。

「こーさか！　たのしいかー？」

呂律《ろれつ》の回らない香川は、直樹の肩をバシバシと叩く。

昔から酒はのむよりのまれるタイプの彼だが、今日は特に酷いらしい。このままでは、家に連れ帰る役目を負わされそうだと、直樹は内心ため息をついた。

（今日は早く帰りたいのに……）

「そーいやー、芹沢コーポレーションの湯川となんか揉《も》めたんだって？」

湯川という名前に、直樹の眉はピクリと反応する。

数日前のあの出来事は、忘れたくても忘れられない。

麻衣子と彼の間の秘密というのも気になるし、仲の良さげな二人の様子も気になる。

もしかして、二人のよりが戻るんじゃないかという不安は常に拭《ぬぐ》い去ることなどできず。ただ、麻衣子に直接『彼とよりを戻そうだなんて考えていませんよね？』なんて聞くのも女々《めめ》しすぎるような気がして聞けなかった。

「奥さんが湯川の元カノとかなんだろー？」

「……なんで知ってるんですか？」

「さっき、受付の子に聞いたんだよー」

彼が指さす方向には盛り上がる女性たちがいた。

湯川と受付前でやりあったがために、一連の出来事は彼女たちにバッチリ見られてしまったらしい。どうやら、良い噂の種を与えてしまったようだ。

直樹は香川に視線を戻した。

「別に、揉《も》めていませんよ。ただ少し……話をしていただけです」

実際、本当に揉《も》めていたわけではない。

あれから少し仕事の話をしたのだが、湯川も機嫌を損ねたふうではなかった。

「でも、まぁ。きぃーつけろよー」

「気をつける？　なにをですか？」

「芹沢コーポレーションの湯川って、あんまり良い噂聞かないからな」

香川はビールを呷《あお》る。

「聞くところによると、女は常にとっかえひっかえだし。過去に付き合っていた女の裸の写真なんかを保存しておいて、ヤりたい時に呼び出すとかって。ああいうのなんつったっけ……確か、リベンジポルノって……」

「は？」

思わず、持っていたグラスをテーブルに叩きつけてしまう。

中に入っていた日本酒が、その衝撃で飛び散ったが、そんなことに頓着《とんちゃく》していられる程の冷静さは直樹にはなかった。

「それ、本当ですか⁉」

「いや、ただの噂だからなんともなぁ。ただ、女からの評判がめちゃくちゃ悪いのは確かだ。特に一度付き合った相手からの好感度は死ぬほど低いらしい」

「それはどこからの情報ですか？」

香川はまた、あの盛り上がっている女性陣を指さす。

「彼女の友達が湯川と付き合ってたんだってよ。んで、そういう噂を聞いたって」

少し酔いがさめてきたのか、先ほどよりはしっかりとした口調で香川は続けた。

「奥さん、本当に湯川の元カノならそういう危険があるかもしれないぞ。お前がついていれば心配ないとは思うけど、一応注意してみててやれよ。なにかあってからじゃ遅いんだからな」

直樹の表情は、みるみるうちに強張《こわば》っていく。

麻衣子はどちらかと言えば、迂闊《うかつ》な人間だ。騙《だま》されやすそうだし、騙《だま》されても気づかないなんてこともあるだろう。

香川は、直樹が慎重な人間だから、結婚相手にも慎重な人間を選んだと思っているかもしれないが、彼が麻衣子を選んだのは、彼女が自分にないものを持っているからだ。

麻衣子が慎重だなんてとんでもない。

「ま、特にこういう夜は心配だよなー」

「……なにがですか？」

「いや、だって旦那が飲み会の夜なんて、間男にはうってつけだろ？」

香川は本当に軽口で言ったのだろうが、直樹はその言葉に心臓が止まる思いがした。

頭の中に、麻衣子と昂史の『秘密』が浮かび上がる。

もしかすると、その『秘密』というのは……

そこまで考えて直樹は無言で立ち上がる。そして、隅に置いてある鞄《かばん》を手に取った。

「おい。どこに行くんだ？　まだ送別会は……」

「帰ります」

「は？」

「緊急の用事ができました。帰らせていただきます」

そう簡潔に告げて、直樹は周りの人間が止める間もなく店を後にした。

◆　◇　◆

「ところでさ、昼間の話の続きなんだけど。直樹さんとどうこうなりたいなら、自分から仕掛けてみれば？」

「へ？」

突拍子《とっぴょうし》もない話に、麻衣子はひっくり返った声を上げる。

麻衣子と結花は夕食にと、近くのバーに来ていた。バーといっても、お酒だけでなく簡単な食事も提供してくれる、比較的入りやすいところだ。

「今度は、して欲しいって言うんじゃなくて、自分からしてみるのよ！」

「へ⁉　いや、でも……」

結花の言葉に麻衣子は狼狽《うろた》えた。男性経験がほとんどゼロに近い麻衣子が自分から直樹になにかするなど、考えられないことだった。

「なに恥《は》ずかしがってるのよ！　最近は女も肉食じゃないと生きていけないわよー！」

「結花ちゃんみたいに可愛かったらそうなんだろうけど……」

友人である結花は可愛い。

きめ細かい肌に、華奢《きゃしゃ》な体躯《たいく》。大きな瞳に対して小さくて上品な唇。黙っていれば人形と見紛《みまご》うばかりの可愛らしさだ。にもかかわらず、自分の可愛らしさをひけらかしたりなどしないし、性格も良いので、女性にも男性にもどちらにも平等に好かれるという希有《けう》な存在である。

そんな彼女にガンガン攻められたら、そりゃ男の人だってひとたまりもないだろう。

どこもかしこも十人並みの自分とは違うのだ。

「こういうのは、可愛い、可愛くないの問題じゃないのよ！　私たち女性が男性に求めてほしいと思っているのと同じように、男性だって好きな人に求められたいって思ってるんだから！」

「そういうもの？」

「少なくとも、私はそうやって旦那をオトしたわよ」

「結花ちゃんって昔から肉食だよねー……」

彼女は大学生から付き合っていた彼と、三年前に結婚して仲良く暮らしている。彼女の夫もそれはもうモテ男で、二人が付き合いだした当初は『美男美女カップル』と周りから騒がれていた。正直、こんなに造形の整っている彼女なら、肉食にならなくても相手が寄って来ただろうにとは思う。

「でも最近、アイツちょっと帰りが遅いのよねー」

「そうなの？」

「もし他に女でも作ってたら、ただじゃおかないんだから！」

結花は拳《こぶし》を作りながら、そう宣《のたま》う。

「で。話は戻るけど、やっぱり求められたいなら求めなきゃ！　キスでもしたら、こう、がばーっと襲ってくれるかもしれないわよ！」

「だから！　別にそこまでは求めてないんだってば!!」

「あら、そうなの？　でも、今よりもっと仲良し夫婦になれるかもよ」

「そう、かなぁ……」

「そうそう！　麻衣子、がんば！」

「うーん……」

麻衣子がそう渋っていると、突然背後で乱暴に店のドアベルが鳴った。様子が気になって振り向こうとした瞬間、腕を取られ、悲鳴を上げそうになる。

しかし――

「……こんなところに、いましたか」

その必死さの滲《にじ》んだ声を聞いた瞬間、麻衣子の悲鳴は喉の奥に引っ込んだ。

椅子に座ったまま見上げると、額《ひたい》に汗を浮かべる直樹の姿がある。

「え、直樹さん？」

「心配、したん、ですよ」

肩で息をしながらそう言い、直樹はその場で呼吸を整える。

「どうして……。今日、送別会でしたよね？」

「麻衣子さんが心配で、早く帰ってきたんです。そうしたら君が家にいないから……」

「ごめんなさい。でも、結花ちゃんと夕飯も食べるかもしれないって、今朝言いましたよね？」

「は？」

聞いたこともないような間抜けな声を出して、直樹は固まる。

そうして、そのましっかり三十秒は逡巡《しゅんじゅん》したかと思うと、頬を引きつらせながら頭を押さえた。

「……言ってましたね。そういえば」

珍しい反応に、麻衣子は思わず噴き出した。

「ふふっ、直樹さんでも、そういうことあるんですね」

「そりゃありますよ。人間ですからね」

ふてくされたような直樹に、麻衣子は肩を揺らした。

直樹の視線は麻衣子から奥に座る結花に移る。

視線を感じた結花は、飲んでいたカクテルをテーブルに置き、手を挙げた。

「直樹さん、お久しぶりです」

「お久しぶりです。すみません、お邪魔してしまったみたいで……」

直樹は申し訳なさそうにため息をついた。

結花はそんな直樹を笑い飛ばす。

「いいんですよ。ちょうどそろそろお開きにしようって話をしてたところでしたし！ね、麻衣子？」

「え？」

「私が麻衣子を家まで送ろうと思っていたので、その手間が省けてむしろ良かったです」

「……結花ちゃん」

優しい気遣いに、だから彼女は人に好かれるのだと麻衣子は納得した。

結花は鞄《かばん》を持って立ち上がる。

「それじゃ、私帰るわね。……今晩、チャンスがあったら、頑張ってね」

最後の言葉は、麻衣子の耳にだけ囁《ささや》かれた。

その瞬間、顔が真っ赤になる。

「もうっ！」

「ふふふ。また連絡するわね！」

からっとした態度で、彼女はそう言って二人を残し店を後にした。


バーからの帰り道、二人は並んで歩いていた。手などはつないでおらず。けれど、肩が触れ合うか触れ合わないかぐらいの付かず離れずという距離を保っていた。

麻衣子は直樹を見上げる。

「あの。一つ聞いて良いですか？　どうして私の居場所がわかったんですか？　あのバーって結花ちゃんの提案で急遽《きゅうきょ》決まったところだから、場所とか伝えていませんでしたよね」

「それは、GPSですよ」

「じーぴーえす？」

麻衣子は目を瞬《また》かせながら、直樹の言葉をオウム返しした。

「麻衣子さんがいつ何時行方不明になっても良いように、常にスマホで位置情報がわかるようにしているんです。それと、スマホの充電が切れた時用にと、その鞄《かばん》にも小型のGPSを仕込んでます」

「……GPSって、やっぱりそのGPSなんですね」

「他にどんなGPSがあるんですか？」

「いや、まさか常に位置情報を把握《はあく》されているとは思わなかったもので」

やましいことはないので別にいいが、少し呆《あき》れてしまう麻衣子である。

心配症だとは思っていたが、さすがにここまでだとは思っていなかった。

「別にプライベートを監視しようとは思っていませんよ。もしもの時の安全装置です」

「安全装置……」

呆《ほう》ける麻衣子に、直樹は振り返る。

「それなら俺からも聞きますが、麻衣子さんはなんで俺のお願いした物をつけてないいんですか？　帽子は？　マスクは？　サングラスは？　スタンガンと防犯ブザーと警棒は、ちゃんと鞄《かばん》に入ってますか？」

「防犯ブザーは入れてますけど、スタンガンと警棒は家です」

「なぜですか？」

「いや、帽子とサングラスとマスクした女が、スタンガンと警棒を持っている時に職質されたら、問答無用で警察署にゴーですよ！」

「万が一のことが起こるよりは良いでしょう」

「普通に嫌ですよ！　外出るたびに毎回警察署行くの」

自分の感性のほうが一般的だと思うのだが、直樹があまりにも不思議そうな顔で首を捻《ひね》るので、自分が間違っているのではないかという気分になってくる。

「それに、サングラスもマスクも帽子も嫌です。ファッションはちゃんと楽しみたいです」

「……わかりました。でも、スタンガンぐらいは持ち歩いてください」

「ぐらい、じゃないですよ。それに、あれ大きいですし……。よくドラマで犯人が持ってるサイズのやつじゃないですか」

「それなら、今度は小さいのを探しておきます。確か、防犯ブザーと一緒になったものがあったような……」

「……どうしても持たせたいんですね」

「あたりまえじゃないですか」

こちらを向いた直樹と目が合う。

それがなぜか無性におかしくて、麻衣子が思わず噴き出すと、つられたように直樹も笑い出した。

二人して肩を揺らして笑う。

夜も遅いからか周りには人はいなくて、笑っている二人を見ているものはいなかった。

小指の先が触れる。
直樹の小指をなんの気なしに握れば、今度は彼から手を握り返してきた。
つながった体温に、心臓が高鳴る。
笑い声もいつの間にかなくなっていた。
静かな雰囲気で二人は手をつないで歩く。
何か月も一緒にいるが、手をつないで歩くなんて、考えてみれば初めてだった。
もしかしたら、今が結婚して一番良い雰囲気なのかもしれない。
これがチャンスというやつだろうか。
「あ、あの。直樹さん」
「はい？」
麻衣子は立ち止まる。すると彼も同じように立ち止まり、首をかしげた。
彼の手を握ったまま、少したばこの香る背広をもう片方の手で掴《つか》んだ。
そして、踵《かかと》をあげる。
一瞬だった。
ちゅっと、軽いリップ音が暗い道に溶け込んでいく。
麻衣子はゆでだこのように顔を真っ赤に染めたまま、彼から離れた。
（しちゃった、しちゃった、しちゃった!!）

真っ赤になってうつむくと、その頭上に直樹のため息が落ちてくる。

「麻衣子さん、……ここは外ですよ？」

思った以上の冷たい声に、麻衣子は慌てた。

「で、でも、今は誰も見ていないですし！」

「それは、関係ないでしょう」

「そう、ですよね」

怒っているわけではないが窘《たしな》めるような声に、麻衣子は羞恥《しゅうち》と後悔でますますうつむいた。

良い感じの雰囲気に、少しはしゃぎすぎていたらしい。

直樹はいつもより深く眉間に皺《しわ》を寄せて、麻衣子の手を放した。

「あ……」

「今後は、こういうことをしないでください」

「こういうこと？」

「こういうことです」

直樹は自身の唇を親指で拭《ぬぐ》う。すると、親指に麻衣子の口紅がついた。

「わかりましたか？」

「あ……はい」

麻衣子の返事を聞き、直樹はスタスタと一人前を歩いて行ってしまう。

手にはもう彼の体温など残っていなかった。

先ほどまであんなに楽しかったのに、キス一つで状況は一転してしまった。

（キス、してくるなってことだよね……）

彼の背中を追いかけながら、麻衣子はむなしさと悲しさでいっぱいになっていた。

第三章　スランプ

「ふーん。湯川が奥さんの『秘密』を、ねぇ……」

香川がそう言ったのは、直樹が送別会から飛び出した翌日だった。

少し人のまばらになってきた社員食堂で、直樹と香川は向かい合わせに座っている。

「お前が、世話になった萩原《はぎわら》さんの送別会を飛び出していくなんて、どうしたのかと思ったら、そういうことになっていたわけだ。ま、そんなことがあった後にあの話を聞けば、そりゃ焦るわなー」

「言っておきますが、その話をしたのは君ですからね」

「わかってるよ。それを悪いと思ってるから、今日話を聞いているんじゃねぇか」

「……別に頼んではいませんけど」

突き放すような台詞《せりふ》に、香川は唇を尖《とが》らせる。

「そう寂しいこと言うなよー。親友だろ？」

「誰と誰が？」

「俺とお前が！　……って、まぁいいか」

香川は定食のアジフライを齧《かじ》る。

なんだかんだ言いつつも直樹は香川を信頼しているし、それなりに友人として好いている。

それがわかっているから、なんだかんだと二人の仲は続いているのだ。

「話は戻るけど、別に心配しなくても大丈夫なんじゃないか？　過去に付き合ってたんなら、秘密の一つや二つぐらいはあるだろうし」

「それはそうかもしれませんが。その『秘密』を、俺に話せないというのが気に入らないんです！　過去のことは仕方ないとして、なんで夫である俺に、それを教えてくれないんですか⁉」

「俺にそんなことを言われてもなぁ……」

「そもそも、二人の呼び方も気に入らないんです。なんですか『昂史さん』『麻衣子』って。もうあの二人、別れてるんですよ⁉　名字呼びに戻すべきでしょう！」

「それ言い出したら、ただの嫉妬《しっと》じゃねぇか」

「そうですよ。悪いですか⁉」

「いや。まぁ、悪くはないけど……」

香川は感慨深げに「女に興味がなかったお前が、嫉妬《しっと》ねぇ」と呟いた。

大学時代からモテていた直樹だが、誰と付き合っても別れても、まったく興味が持てなかった。『好き』だと言われれば付き合い、『別れよう』と言われれば応《おう》じてきた自分が、誰かに執着するというのは、過去を知っている香川には面白いのだろう。

「でも、話してる感じ、深刻そうには見えなかったんだろ?」

「そうですが、そう振る舞ってただけって可能性も……」

「いや、奥さんの話を聞く限りそれはねぇだろ。そういう器用なことができる感じじゃねぇじゃんか」

性格ゆえに、直樹はいつも最悪の事態を想定して動いてしまう。

それ自体が悪いことだとは言わないが、悪いことを想定しすぎて空回ってしまうのは直樹の悪い癖だった。

「でもまぁ、確かに湯川に悪い噂があるのは事実だから、『秘密』って言われると、そりゃ気になるわな。その『秘密』がもしかしたら、そういう写真の話かもしれないんだし」

「そう、なんですよね」

香川の言葉に、直樹も神妙な顔で頷いた。

「まぁ、奥さんにバレないように探ってみるしかないな。本当にそういう写真を撮られてるなら、そんなテンションじゃないはずだし大丈夫だとは思うが。お前は万が一の可能性も潰《つぶ》しときたいって性格だからな」

「あたりまえじゃないですか。一つのほころびが、やがて大きな穴になるんですよ」

「でもお前は石橋を叩きすぎて割りそうなやつだからなぁ」

「失礼ですね。俺だったら予備として同じ石橋をあと十本は用意しておきます」

「そういうやつだよな。お前は……」

呆《あき》れたようにため息をつくが、その顔には苦笑が広がっていた。

香川は直樹の肩を軽く叩く。

「でもま、何事もないと良いな。お前が幸せになるのは、俺も嬉しいからさ」

「そういうことを恥《は》ずかしげもなく言うところが、君の一番嫌いなところです」

◆◇◆

週末、麻衣子と直樹の二人は連れ立って、予約していた結婚式場に赴《おもむ》いていた。

今日はウェディングプランナーとの打ち合わせがあるのだ。その後は衣装の試着が待っている。

当日のドレスは麻衣子の手作りなので、ドレスの試着は必要ないが、直樹のタキシード選びは当然しなくてはならない。

それからもし時間があれば、麻衣子がドレスに使う布の買い出しにも連れて行ってもらう予定だ。

気分は久々のデートといった感じである。

式場に着くと、カウンターに通される。麻衣子たちの他にも三組ほどのカップルがウェディングプランナーと相談をしていた。

今日は簡単な当日の流れを聞き、必要なオプションを決めていくだけだと聞いていたのだが、開始一時間で麻衣子の頭はいっぱいになっていた。

「では、円卓に置く花の色はオレンジのガーベラがメインで。……円卓にかけるテーブルクロスと、椅子にかけるカバーのお色はどうしましょうか？　それと高砂《たかさご》の花も同じ感じで良いですか？　オプションで会場の入り口にも花を飾ることができますが……」

「ちょ、ちょっと待ってください！　まだそんなに決めることあるんですか？」

「はい。あと、招待状のデザインもいくつかありますからそちらも。余興を頼まれる方がおられるようでしたら、時間配分の相談もあります。エンディングムービーの有無と、あと料理のメニューとケーキのデザイン等もそろそろ固めていきたいと考えています」

つらつらとそう言われ、頭がこんがらがってくる。

当日のスケジュールまではまだ予想できたが、円卓に掛けるテーブルクロスやケーキのデザインまで選ぶとは思わなかった。

ウェディングプランナーの女性は「結婚式の準備って大変ですよね」と笑いつつも、机の下からものすごい厚さの資料を取り出した。どん、と机の上に置いた瞬間、出されていた珈琲《コーヒー》が波立つ。

「それではまず、テーブルクロスからですが、色見本はこちらになります」

広げられた色見本は三十ほど。しかもそれだけではなく、クロスのかけ方にも種類があった。この組み合わせから一つを選ばないといけない。

「そして、これが披露宴会場の見本写真になります」

「お、おぉ……」

もう資料の量だけで、圧倒される。

麻衣子が頭を抱えていると、直樹が口を開いた。

「麻衣子さん。確かカラードレスの色は黄色でしたよね？」

「はい。黄色といってもパステル調の薄い黄色なんですが……」

「それなら、定番の白かシックな濃い青が良いんじゃないですか？　白はある意味間違いがないですし、青は黄色の補色ですしね」

「補色？」

「互いを引き立てる色ということです」

麻衣子はへぇ、と感心した声を出した。

本来ならこういうことはハンドメイド作家の麻衣子のほうが詳しそうだが、彼女にそういう知識はあまりなかった。

一時期は勉強したこともあったのだが、理屈で布の色を選ぶより、感性と勘で選ぶほうが人から喜ばれるので、その手の勉強からは手を引いてしまったのだ。

もちろん、新しいデザインや流行の取り入れなんかは日々勉強している。

「直樹さん。補色とかよく知ってますね」

「今日のためにいろいろと調べてきましたからね」

さすが、極度の心配症だ。事前の準備は欠かさない。

「白も濃い青も、どちらもドレスがよく映える色だと思いますよ。あぁ、でも、テーブルクロスを濃い青にするのなら、花には少し白を足すようにしてもらったほうがより良いかもしれないですね」

直樹の助け船に麻衣子は胸を撫《な》で下ろした。何十もの選択肢から一つを選ぶのは骨が折れるが、その二択なら麻衣子にも決めることができる。

「じゃぁ……濃い青で！　あと、花に白を足してください！」

「かしこまりました」

ウェディングプランナーは頭を下げ、黒い手帳にさらさらとメモをした。

それから直樹の助けもあり、その日決めなければならないことはなんとか決めることができた。

麻衣子はふらふらになりながら、式場をあとにする。結婚式の準備がこんなに疲れるものとは思っていなかった。これから結婚式二週間前まで毎週打ち合わせがあるというのだから、もう恐怖しかない。

二人は直樹の運転する車でレンタルショップに移動した。次は衣装の試着である。

選ぶのは直樹のタキシードだけだが、また頭を抱える羽目になるのだろう。

そう覚悟していた麻衣子だったが……

「ではこれで」

衣装の選定は驚くほど早く終わった。直樹が一着目で決めてしまったのである。

「えぇ⁉ もう何着か着てみなくても良いんですか⁉ 衣装は今日決めなくてもいいんですよ⁉」

慌てるような麻衣子の声に、直樹はからりと答える。

「いいんですよ。こういうのは女性のほうがメインですしね。俺は君の隣を歩いて恥《は》ずかしくない格好なら、なんでも構いません。それに……」

まるでタイミングを見計らったかのように、麻衣子のお腹がくぅ……と鳴った。

時計を見れば、もう午後の二時半を過ぎている。先ほどまでいろいろなことで頭がいっぱいで、お腹の具合など意識もしなかった。

直樹はくつくつと喉の奥で笑う。

「麻衣子さん、お腹すきましたよね。少し遅いですが、お昼にしましょうか」

「……はい」

麻衣子は恥《は》ずかしさで熱を上げる顔を隠しながら、小さく頷いた。


「ここに来るの、久々ですね」

二人が少し遅い昼食を食べに来たのは、『SUPPORT《シュポール》』というカフェだった。

白を基調としたお洒落《しゃれ》な店内に、洋楽のBGM。焼きたてのパンが有名というそのカフェは、二人が初めてのデートで訪れた場所だった。

「久々に良いかと思いまして」

「そうですね！　あ、もし良かったらデートの時に食べていたものをもう一度食べませんか？　思い出の再現、みたいな感じで！」

「良いですね、そうしましょう。店のほうに席が空いてるかどうか確認してきます」

直樹は機嫌良く頷き、背中を向けた。

店員と話す直樹を見ながら、麻衣子は先日のことを思いだしていた。

そう、麻衣子からキスをしたあの日のことだ。瞬間、麻衣子の顔は曇る。

指先は自然に自《みずか》らの唇を撫《な》でていた。

『今後は、こういうことをしないでください』

そう言って手を離した彼は、どこか怒っているようだった。

路上でのキスが嫌だったのか。それとも麻衣子とのキス自体が嫌だったのか。直樹の気持ちはわからない。しかし、今は路上でのキスが嫌だったのだと思うことにしていた。

自分とのキス自体が嫌だなんて、そんな悲しいこと考えたくない。

(大丈夫よね！　あれから直樹さんの機嫌が悪くなったってわけじゃないし‼　本当にいつも通りだし！)

自身を励ますように麻衣子は頬を叩く。

その直後、店員と話していた直樹が帰ってきた。

「席、空いているそうですよ。行きましょう」

「はい」

直樹の柔《やわ》らかい声に、麻衣子も満面の笑みで頷いた。

「あ、麻衣子！」

案内された席に向かおうとしたところで、その声に呼び止められた。

振り返れば、ちょうど会計を終わらせたであろう昂史が財布片手にこちらを見ている。

うしろには女性がいて、昂史と麻衣子を交互に見ていた。きっと、昂史の今の恋人なのだろう。

昂史は麻衣子の隣にいる直樹を見つけて、嬉しそうに目を細めた。

「あ、高坂さんもこんにちは！」

「……こんにちは」

対して、直樹は不機嫌さを前面に押し出しながら、そう答えた。

本当は返事もしたくないのだろう。しかし、仕事上の付き合いもある相手なので、無視するわけにもいかないようだった。

昂史は人懐っこい笑みを浮かべたまま、二人のもとに駆け寄ってくる。

「またまた偶然だなー！　今からメシ食べるとこ？」

「うん。まぁ、そんなところかな」

「そっか、俺は今から出るところなんだ！　本当は、ゆっくり話したかったけど……」

昂史はちらりとうしろを振り返る。

うしろでは彼の恋人であろう女性がこちらを睨《にら》みつけていた。

「俺も彼女待たせてるから、また今度な！　次は、酒でも飲みながらゆっくり話そうぜ！」

「う、うん」

（昔と変わらず、チャラいなぁ）

麻衣子は半笑い状態で応《おう》じる。

昂史は女好きというか、無類の人好きだ。出会った人間は特別な事情がない限り、全員好きだし、無条件で優しくしてしまう。それゆえに女性を勘違いさせてしまうことも多く、彼の周りでは常に女性同士の争いが絶えなかった。

さらに本人が、デリカシーも、気遣いも、我慢も足りない男なので、付き合った女性とも長く続かないことが多く。また、誘惑にも逆らえないため、浮気も多かったのだという。

麻衣子がそのことを知ったのは彼との関係が終わった直後だった。

友人経由で昂史のその話を聞いた時は、さすがに大げさだろうと思ったのだが、同じような話がいくらでも出てくる始末。加えて、昂史と、麻衣子の尊敬していた先輩が、浮気しただの、してないだのということで言い争っていたのを目撃して、噂が本当だと知った。

最悪の人間ではないが、最低の人間なのである。

うしろで睨《にら》みを利かせている彼女も、彼のそんな性質に気づきつつあるのだろう。麻衣子を睨《にら》みつける視線は恋のライバルに向けるそれである。

昂史は胸ポケットから一枚の紙を取り出して、麻衣子に差し出した。

「あ、そうそう。これ、麻衣子と会ったら渡そうと思って、常に持ってたんだ。俺の個人的な――」

麻衣子がその紙を受け取ろうとした瞬間、間に直樹が割り込んできた。

そして、昂史の差し出してきた紙を代わりに受け取る。

「妻に、ありがとうございます。けれど、すみません。俺たち、この後も用事が詰まっていて急いでいるので……」

「お、そっか。引き留めちゃって、すみません」

気分を害したふうもなく、昂史は頭を下げた。

「いえ。……それと、うしろの女性。そろそろなだめないとまずいのでは？」

「わっ！　尚美《なおみ》怒ってる……」

うしろを振り返りながら、昂史は引きつった声を上げた。

尚美と呼ばれた女性はずんずんとこちらに歩いてきて、昂史の腕を持つ。

そして、そのまま引っ張るように店を出ようとした。

昂史はさほど抵抗することもなく、苦笑しながら引きずられていく。

「麻衣子さん。俺たちも行きましょう」

「あ、はい！」

「そうだ！　麻衣子！」

なにかを思い出したような声に、麻衣子はまた昂史のほうを見た。

「今月末の同窓会行くだろ？　俺も沙百合と一緒に参加予定だから、その時一緒に話そうな！　ちょっ、痛てて……」

さらに強く腕を引かれたのだろう。昂史は悲痛な叫びを上げながら、女性に引きずられ、店を後にした。

麻衣子はその姿を見送りながら苦笑いを零す。

（あの二人、私のせいで別れないと良いけど……）

「同窓会？」

先ほどの言葉が気になったのだろう。直樹は首を捻《ひね》った。

「あ、実は高校時代の友人に同窓会に誘われてたんです。んで、その友人のお兄さんが昂史さんで……。昂史さん、イベント事が好きだから同窓会に来るつもりなんだと思います」

「まさか、麻衣子さんはその同窓会に行くんですか？」

「いいえ。断っちゃいました」

思ってもみない答えだったのだろうか、直樹は驚いたように大きく目を見開いた。

「なぜ？」

「えっと。直樹さんが心配しちゃうかなって。私が逆の立場だったら、元恋人が来るかもしれない同窓会に直樹さんが行くの心配になっちゃうので……」

「そう、ですか」

「もしかして、いらない気をまわしちゃいましたかね？」

今まで、直樹と両想いで結婚したと思っていたのだが、前回のキス事件のこともあり、麻衣子は少し自信がなくなっていた。

もしかしたら、直樹は麻衣子がどこで誰とどうしてようが、さほど気にならないのかもしれない。

考えてみれば、好きだのなんだのという言葉を彼から聞いたことがないのだ。

麻衣子は当然のように好きだから結婚に至ったと思っているが、実際は違うのかもしれない。

そんな切ない考えさえも浮かんでくる。

「直樹さんが気にしないっていうなら、今からでも行くって連絡しようかな。なぁんて――」

「気にします」

直樹の言葉に顔を上げる。

「だから、断ってくれたと聞いて安心しました。ありがとうございます」

ふんわりと微笑まれ、心臓が一つ高鳴った。

たったこれだけのことなのに、頬がじわじわと熱くなり、口元が緩んだ。

二人は席に向かって歩く。

指定された席は、最初のデートで座った席とまったく同じ場所だった。

席に座ると、これまた最初のデートで食べたメニューと同じものを頼む。

すると、すぐに料理が運ばれてきた。

「前々から気になっていたんですが、どうして湯川さんと付き合ったんですか？　こう言ったら悪いですが、湯川さんはとても誠実そうな人には見えませんが」

直樹の問いに麻衣子は「そうですね……」と少し考えた後、口を開いた。

「えっと。先ほど、昴史さんが友人のお兄さんだって話をしたのは覚えていますよね？　それで、仲良くなったってのが一番だったんですけど。昴史さん、基本的に甘やかし上手なんですよ。そこにやられちゃいましたね」

「甘やかし上手？」

「はい。基本的にレディーファーストですし、荷物もよほどのことがない限りほとんど持ってくれるんです。妹がいるから、女性の甘やかし方をわかっているんでしょうね。デリカシーはないですけど、人が落ち込んでる時には優しい言葉をくれるし、エスコートも上手というか……」

今考えれば、それだけ女性慣れをしているというだけの話なのだが、当時はそれが麻衣子の目に、とてつもなく魅力的に映ったのだ。

「それと——」

麻衣子が続きを言おうとした瞬間、口を指で塞《ふさ》がれた。

見ると、直樹が少し傷ついたような表情で、麻衣子の口を押さえている。

「俺が聞いたのに、すみません。……君が他の男性を褒《ほ》めるのが、こんなに不快だとは思いませんでした」

ゆっくりと指が離れていく。

麻衣子は目を瞬《しばた》かせた。

「もしかして、ヤキモチですか？」

「……そうですね」

「ヤキモチ、焼いてくれるんですね」

「俺だって、ヤキモチぐらい焼きますよ」

「そうなんですね。なんだかちょっと嬉しいです」

麻衣子の頬は緩んだ。

どうやら麻衣子にまったく興味がないというわけではないらしい。

キス事件以来、失いかけていた自信が少しずつ回復していっているような気がした。

一方の直樹は、麻衣子の嬉しそうな表情にも気づかないようで、眉間に皺《しわ》を寄せている。

「俺は、君が湯川さんの話をするのも気に入らないし、それを楽しそうに話すのも気に入らない。そもそも過去に男性と付き合っていたという事実が気に入らない。なにより――」

直樹は言葉を切り、なぜか恨《うら》めしそうに麻衣子を見た。

「『昂史さん』ってなんなんですか？　彼が君を名前で呼び捨てにするのも気に入りませんが、君が別れた恋人のことを名前で呼ぶのが一番気に入らないんです」

テーブルに置いていた手に、手が重なった。

「君が名前で呼ぶ男性は、俺だけがいいです」

恥《は》ずかしいことを言っている自覚があるのだろう。彼は目線を合わすことはせず、目尻をほのかに赤くさせていた。

その珍しい顔に、しばらくぼーっとしていた麻衣子だったが、はっと顔を撥《は》ね上げ、慌てて声を上げた。

「わ、わかりました！　今度から昂史さんのことは、湯川さんって呼ぶことにします！」

「はい、お願いしますね」

ぎゅっと掴《つか》まれた手に、心臓が脈打った。

向けられた気持ちに、気持ちが舞い上がっていくのがわかる。

キスを咎《とが》められたことなど、もうどうでもよくなってしまいそうだった。

「そういえば、前から聞こうと思っていたことがあるんです。……結花さんの連絡先を知ってますか？」

「結花ちゃんの？　はい。もちろん」

「教えてくれませんか？」

「え？　どうして……」

麻衣子は目を瞬《しばたた》かせた。なんで、結花の連絡先を直樹が必要とするのだろうか、それがわからない。

直樹は躊躇《ためら》うような声で「少し相談事がありまして」と言う。

麻衣子はなにがなんだかわからないまま、直樹に結花の連絡先を教えたのだった。

◆◇◆

（直樹さんがおかしい……）

麻衣子は駅前にある大きな手芸屋で、カラードレス用のスパンコールを手に取りながら、顔をしかめていた。

ここ数日の直樹のことを思い出す。

彼がおかしくなったのは、一週間前からだ。ちょうど、結婚式の打ち合わせに行った日の翌日からおかしくなった。

どうおかしくなったのかというと、とにかく麻衣子に甘くなったのだ。

元々、麻衣子に優しかった彼だったが、ここ一週間は輪をかけて甘やかしてくるようになったのだ。

具体的に言うと、とりあえず、二日に一度は麻衣子の好きな駅前のケーキ屋さんでケーキを買って帰ってくるようになった。休日の食事や平日の夕食も作ってくれることが多くなったし、突然花束を買ってくるようにもなった。

掃除は気がついた人がやるという感じにしており、いつもは麻衣子が家にいる時に掃除機をかけるようにしているのだが、それもここ数日間は直樹が出勤前にやって出かけていたのだ。

おかげでここ数日間、麻衣子は家のことをなにもやっていなかった。やったことといえば、落ちていたゴミを拾ったぐらいである。

「このままじゃ、人間的に終わる気がする……」

まるで赤子のようなお世話のされっぷりに、妙な危機感が芽生えてくる。

とりあえず、夕飯の支度は自分がやると直樹に宣言してきたので、今日は大丈夫だろう。

「なんであんなに甘やかしてくれるんだろ。もしかして、あき……じゃなかった、湯川さんに対抗してるとかかな……」

昂史のことを『甘やかし上手』と褒《ほ》めた翌日からこれが始まったのだ。無関係ではないかもしれない。

もし、直樹が昂史のことを意識してそうしてくれたのなら、これ以上嬉しいことはない。別に甘やかされることが嬉しいわけではない。麻衣子を想ってくれる、その気持ちが嬉しいのだ。

（だけど、やっぱりキスはしてくれないんだよね）

二人はいまだキスはおろか、眠る時に手を握ることもない。

その時、たまたま隣で布を選んでいた女性たちの会話が耳に引っかかった。

「やっぱり、うちの彼氏浮気してたみたい！」

「でしょ？　男が急に甘くなったり、機嫌取ったりする時って、ろくなことがないんだから！」

思わず、びくっと身体が反応した。

麻衣子は彼女たちのそばに寄ると、いけないとは思いつつ、聞き耳を立てた。

「なんか急にいろいろプレゼントしてくるから、おかしいなぁと思っていたのよね。もう最悪よ！」

「あれって、男の罪悪感からくるものらしいわよ？　罪悪感を感じるなら、浮気なんかするなって、ねぇ？」

「ホントホント！」

「加奈子《かなこ》の家も、旦那さんが急に家事を手伝うようになったと思ったら、不倫が発覚したらしいわよ」

「こわーい！」

麻衣子はその会話を聞きながら固まっていた。

（え？　もしかして、直樹さんが……浮気……？）

一瞬だけそんな考えがよぎったが、慌てて首を振った。

（な、直樹さんに限って、そんなわけない！　だって……）

『君が名前で呼ぶ男性は、俺だけがいいです』

そう言いながら、手を強く握ってきた彼がそんなことをするはずがない。

彼が急に麻衣子を甘やかすようになったのは、きっと昂史に対抗してのことだ。そうに違いない。

麻衣子は首を横に振りながら、嫌な妄想を振り切った。そして、女性たちから離れると、買わなくてはならないものを買い込み、手芸屋を後にしたのだった。

「ちょっと、お昼でも買って帰ろうかな」

麻衣子がそう思い至ったのは、コンビニの前を通りかかった時だった。

どこかでランチをして帰るほどの時間的余裕はない。結婚式まであと二か月。ドレスの進捗は、ウェディングドレス、カラードレス共に八割といった感じだった。作り終わった後にいろいろといじることも想定すると、時間が足りないぐらいだった。

それに、結花のところに卸《おろ》す商品も急ピッチで作らないといけない。マスキングテープなどはデザインだけして外注だから良いものの、布系のものは自分で一から作らないといけないのでより時間がかかる。

「おにぎりだけ買って帰ろう」

おにぎりなら食べながらでもデザインが練られるはずだ。

麻衣子はコンビニに入った。そして、そこで思わぬ人物と遭遇する。

「麻衣子さん」

「あ、直樹さん！」

入り口付近の雑誌の棚があるところで、麻衣子は直樹とばったり会ったのだ。

嬉しくて、自然と声が高くなる。

意識はしていなかったが、麻衣子が入ったコンビニは直樹の会社のすぐ近くにあったのだ。

時計を見れば、十二時過ぎ。時間的にお昼を買いに来たというところだろうか。彼の手には缶コーヒーが握られていた。

直樹は嬉しそうに顔をほころばせる。

「どうしてこんなところへ？」

「今日は手芸屋さんに寄っていたんです。それで、たまたまお昼を買いに来て……」

「そうなんですね。お疲れ様です」

直樹の労《ねぎら》いに、麻衣子も「直樹さんもお仕事お疲れ様です」と返した。

（やっぱり浮気なんて杞憂《きゆう》よね）

こんなに優しくしてくれる彼が、そんな不貞を働くはずがない。

別に疑っていた訳ではないが、麻衣子は改めてそう確信した。

「直樹さぁん、私お昼決めましたよ」

その時、甘ったるい声が麻衣子の耳朶《じだ》に届いた。声のしたほうを見れば、髪の長い女性が棚の奥から顔を覗《のぞ》かせている。綺麗《きれい》な目鼻立ちをしているセクシー美女である。タイトスカートから覗《のぞ》く、すらりと長い脚がなんとも艶《なま》めかしい。

彼女は直樹と話す麻衣子を見て、目を大きく見開いた。

「あれ？　その子、誰ですか？　妹さん？」

そうしてもう一人、棚から顔を覗《のぞ》かせた。こちらも先ほどの人とは違う系統だが、美人系である。ボブカットの黒髪に、小ぶりのメロンでも入っているのではないかと言うほどの、胸の大きさをしている。

麻衣子は彼女たちを見てから、自分を見下ろした。

身長が低いからか脚は長いとは言えないし、胸はあるがメロンにはほど遠い。ついでに言うなら腰のくびれはわずかで、寸胴と言っても差し支えないかもしれない。

直樹は自分の胸をペタペタと触る麻衣子を、手のひらで指した。

「妹じゃありませんよ。妻です」

「あ、え？　妻の麻衣子です」

慌てて我に返り、頭を下げる。この妻という呼称は、いつまでたっても慣れることがない。気恥《きは》ずかしいばかりだ。

「えー⁉　この子が？」

「本当に？」

二人の女性は麻衣子を囲む。平均身長より小さな麻衣子は見下ろされる形になった。

どうやら直樹は会社の人数人でコンビニに来たようだった。奥のほうが、なにやらざわざわしている。

「おーい、高坂！　コーヒー貸せ！　部長がおごってくれるらしいぞ！」

その声に、直樹は「少し待っていてくださいね」とだけ言い残し、同僚のもとへ歩いていった。その場には麻衣子と二人の女性が残される。二人とも、値踏みするような視線で麻衣子を見下ろしていた。

先に声を上げたのはスレンダー美人のほうだった。

「へぇ、この子が」

「なんていうか。私たち、これに負けたの？　って感じよね」

「どんな可愛い子なのかと思ったら、びっくりするぐらい普通じゃない」

「……と言うか、芋っぽい」

直樹がいなくなったからか、彼女たちの表情から笑みが消える。

麻衣子は二人を見上げながら、おずおずと口を開いた。

「あの……」

「高坂さんから聞いたわよ。親のコネ使って、無理矢理結婚したんだって？」

「え？　ちが……」

「高坂さん、可哀想ー。こんな、なーんの取り柄もなさそうな子と結婚する羽目になったなんて」

二人はなにやら囁《ささや》き合い、くすくすと肩を揺らした。「だっさー」や「ないわー」なんて言葉が聞こえてくるので、きっと麻衣子の悪口を囁《ささや》き合っているのだろう。

確かに麻衣子に、これといった取り柄はない。顔の作りは十人並みだし、彼女たちのようにモデルのような体型でもなければ、胸がすごく大きいわけでもない。

特技といえば裁縫《さいほう》ぐらいなものだ。

しかし、それも誇れるものなのかと聞かれれば首をかしげるほかない。

「しかも、好きな人がいたのに無理やり寝取ったとか」

「へ？」

「そうそう。白鳥さん言ってたもんね。『高坂は奥さんとは別に好きな奴がいたはずだった』って」

二人は意地の悪い顔で麻衣子に詰め寄った。

「なんか、一年以上前から会社の近くにある雑貨屋に、店員さん目当てで通っていたらしいわよ？　知ってた？」

「雑貨屋？」

思い当たるのは結花の雑貨屋ぐらいだ。

麻衣子と直樹がそこで出会ったのは今年の一月である。今が九月になったばかりなので、八か月と少ししか経っていない。

つまり、直樹は麻衣子と出会うより前からその雑貨屋に通っていたことになる。

「しかも、そこの店員さん。人形みたいに可愛いんだって」

麻衣子はその言葉を聞き、彼女らの言ってる雑貨屋が結花の店のことだと確信した。

人形みたいに顔の整った会社近くの雑貨屋の店員なんて、彼女しかありえない。

（じゃあ、もしかして直樹さんは結花のことが……？）

『そういえば、前から聞こうと思っていたことがあるんです。……結花さんの連絡先を知ってますか？』

蘇《よみがえ》ってきた直樹の声に、麻衣子は息をのんだ。

嫌な想像が胸の奥から湧き上がり、呼吸が浅くなった。

思えば、直樹があの雑貨屋に通うこと自体すごく不自然だ。

彼は雑貨が好きなわけでも、ファンシーなものが好きというわけでもない。

もしかしたら直樹は、彼女たちが言うように、結花のことが好きでずっと雑貨屋に通っていたのかもしれない。けれど、どこかで彼女が既婚者だと知って、諦《あきら》めようとした。

そんな時に想い人の友人である麻衣子に出会ったのだ。

そう考えれば、彼が自分と一線を越えようとしないのも合点《がてん》がいく。

麻衣子は好きな人の友人であるだけで、好きな人ではないのだ。

キスがしたい相手も、寝たい相手も、麻衣子ではない。

(もしかしたら、あの時迎えに来てくれたのも……)

直樹が送別会を途中で抜け出し、迎えに来てくれた日。

あの日直樹は、麻衣子が『結花とご飯を食べるかもしれない』と報告していたことを忘れていたと言っていたが、もしかしたら、彼は麻衣子と結花が会っていることを覚えていて、彼女に会いに来たのかもしれない。

彼が走ってきたのは麻衣子を心配したからではなく、好きな人に一目会いたかったからで――

（じゃぁ、私は……直樹さんの……）

なんなのだろう。

麻衣子が頭を下げた瞬間、「ねぇ、なに持ってるの？」と、ピンク色のネイルが付いた長い指が手元の袋を引いた。

そこには先ほど手芸屋で買ったものが入っている。

「なにこれ？　布？」

「これは……ドレスの材料で……」

瞬間、彼女たちは同時に目を見開いた。

そしてふたたびクスクスと笑い出す。その顔は完全に勝ち誇っていた。

「もしかして、ドレスも用意してもらえないの？」

「なっさけなー」

「ちがいます！　これは、その。自分で作るって、私から……」

麻衣子の身体は、どんどん小さくなっていく。

「えー、なにそれ。貧乏くさー。ありえないわ」

「ドレス手作りとか。高坂さん、可哀想ー。私だったら絶対に隣歩きたくないわよ！」

巨乳美人はわざとらしく身体を震えさせる。

「でも、私たち的にはこんな子が奥さんでラッキーかも！」

「わかるー！　旦那さん、奪っちゃっても恨《うら》まないでよね」

嘲《あざけ》るように二人はそう言い、「ばいばーい」と手を振りながら集団の中へ帰って行った。


麻衣子は、とぼとぼと家路についていた。

あの後戻ってきた直樹が元気のない麻衣子を心配して家まで送ると言ってくれたが、それは丁重に断った。

彼の手を煩《わずら》わせたくなかったというのもあるし、あの女性たちに『手のかかる奥さん』だと思われたくなかったのも大きい。

それになにより、麻衣子は直樹のことが信じられなくなっていた。

麻衣子は、ため息をつく。

別に彼女たちの言葉をすべて鵜呑《うの》みにしたわけではない。あれは妬《ねた》み嫉《そね》みのつまった嫌がらせの言葉だ。それは理解できる。

けれど、直樹に愛されているという大きく膨らんでいた自信がしぼんでいくのも確かだった。

◆　◇　◆

数日後――

「どうしよう……」

麻衣子は自宅の作業部屋で愕然《がくぜん》としていた。

目の前には数日前とまったく変わらないドレスが二着。そのうしろには仕上げなければならない結花のところに卸《おろ》すポーチ――になる予定の布があった。

麻衣子の作業は数日前からいっこうに進んでいなかった。

「これってやばくない？」

それは麻衣子が初めて感じるスランプだった。

スランプに陥《おちい》ってからの数日間、麻衣子はいろいろ考えた。時間的余裕もなかったので、何度か徹夜もした。

ドレスも秋冬の新作も、もうデザインはある程度決まっている。

なので、その通りに作れば問題ないはずなのだが、麻衣子は急に自分が作るものに自信がなくなってしまったのだ。

このまま作業を進めて良いかわからない。今作っているものが良いものなのかどうかさえもよくわからない。

正直、こういうことは今までにもあった。

しかし、大体そういう時は別の案が浮かんできていたのだ。

けれど今は、何時間考えても別の案など浮かんではこなかった。

代わりに浮かんでくるのは――

『なんか、一年以上前から会社の近くにある雑貨屋に、店員さん目当てで通っていたらしいわよ？　知ってた？』

『ドレス手作りとか。高坂さん、可哀想ー。私だったら絶対に隣歩きたくないわよ！』

そんな嫌がらせに近い台詞《せりふ》ばかりだった。

「どうしよう」

麻衣子は泣きそうな顔で頭を抱えた。

それからまた幾日か過ぎ、マンションで麻衣子は様子を見に来た結花と向かいあっていた。

「麻衣子がスランプだなんて、めずらしいわね」

「……うん。ごめんね」

平日の昼間。直樹は仕事に出ている。二人の前にはお茶と結花が持参してきたクッキーが置かれている。

結花の店は最近、人を雇う余裕が出て、今はその子に店番を任せているらしい。

麻衣子は、へたっていた。

寝る間もなく作業を続けているためか顔色も悪く、食事の時間も削ってしまっているので、ここ数日で何キロか体重も減ってしまっていた。

「それにしても、よく直樹さんがそんなになるまでほっといたわね」

「何度か実力行使で休ませようとしてくれたんだけど、私がどうにも落ち着かなくて夜中に作業部屋に戻っちゃうんだよね」

直樹と同じ部屋にいても、別のことばかりを考えて気が休まらない。

もしかして、彼がここで一緒に過ごしたい相手は別なんじゃないか。

キスをあんなに嫌がったのだから、こうやって一緒に寝ることも実は嫌なんじゃないのだろうか。

彼が自分と結婚したのは結花との接点を持つためで、いらなくなったら捨てられるのだろうか。

そんな嫌な気持ちばかりが頭の中をめぐり、寝ろと言われても寝られず、それならば作業をしていたほうがいいのではないかという結論に至り、徹夜をする。

ここ最近は、毎日それの繰り返しだった。

正直、焦りと不安で頭の中がどうにかなりそうだった。

「ってことで、ごめん。納品、ちょっと遅れるかも……」

こんなに焦っているのに結花と会ったのは、このことを言うためだった。

麻衣子のプライドとして、中途半端なものは出したくない。自分が良いと思ったものだけを商品として出したかった。

「まぁ、うちのは良いわよ。無理言ってるってのはわかるし！　でも、ドレスはそうもいかないでしょ？　どうするの？」

「……どうしよう」

麻衣子は顔を両手で覆《おお》う。

ドレス以前に、このまま結婚式をしてもいいのかさえ疑問に思っていた。

麻衣子は直樹が好きだが、彼はそうではないのかもしれないのだ。

考えてみれば直樹はタキシードだって適当に選んでいたし、結婚式の内容だって『麻衣子さんが好きなようにしてください』と、自分の意見はほとんど言わなかった。

あれは麻衣子に合わせようとしてくれていたわけではなく、単に好きでもない人との結婚式に興味がなかっただけなのかもしれない。

麻衣子の考えは日が経つにつれて、どんどん悪い方向へと流れていく。

本当は直樹に気持ちを聞いてみればいいのかもしれない。

自分のことを好きなのかと。実は結花のことが好きなんじゃないかと。

（だけど、「俺は結花さんのことが好きです」なんて言われたら……）

きっと心が折れる。

幼い頃から一緒にいる大好きな親友に、一生一緒にいたいと思っている人を取られるのだ。

その時の心の痛みは、想像するだけで心臓が止まってしまうかのようだった。

結花は竹を割ったような性格の女性だ。

きっと、直樹に言い寄られても応《おう》じることはないだろう。

それならば一生、なにも言うことなくこのままの関係を保ち、彼の心変わりを祈るような気持ちで待つほうが良いのではないかと、そんな気さえしてくる。

「麻衣子はどちらかと言えば天才肌の感覚派って感じだからね。一度調子崩すと弱いのよねー」

結花はなにかを思いついたかのように胸の前でパンと手を鳴らした。

「それなら、思い切ってリフレッシュしてみたら？」

「リフレッシュ？　どうやって？」

「制作と関係ないことしてみるの！　一度頭をリセットする感じでね。いろんなものに触れたら、少しはアイディアもわくかもしれないし！」

「でも……」

麻衣子は渋った声を出す。

結花の言うことは一理あるかもしれないが、正直、今はそんな気分ではなかった。

それに、今はできれば結花と長く一緒にいたくないのだ。

彼女が悪いわけではないとわかっているし、彼女のことは今でも大好きだが、胸の中を占拠する黒い感情とうまく折り合いがつかないのである。

なにも知らない結花は、麻衣子の肩を遠慮なくバシバシと叩く。

「机の上に齧《かじ》りついてたってアイディアなんかわかないわよ！　エンジンかかった時の麻衣子の馬力はすごいんだし、ここは無理をしてでもリフレッシュするべきよ！」

「……リフレッシュ……」

「ってことで、一緒に同窓会に出ましょうよ！　いろんな人と話をしたら、スランプなんてきっと吹き飛ぶわよ！　私から沙百合に連絡しておくからさ」

「…………結花ちゃん？」

麻衣子は目を半眼にさせて友人を睨《にら》む。

結花はへへへ、と頭を掻きながら笑うと「だって、麻衣子がいないとやっぱりつまらないんだもん！」と悪びれもせず口を尖《とが》らせた。

「でも、リフレッシュになるかも、ってのは本当に思ってるからね！　いろんな人と話せるのってやっぱりいいものよ？」

「そーかなー……」

結花の提案に、麻衣子は「同窓会か……」と呟くのだった。

◆◇◆

直樹は、いつになく真剣な様子で仕事をこなしていた。

（今日こそは早く帰って、麻衣子さんを寝かさないと……）

麻衣子の調子が狂ったのは、数日前の昼にコンビニで偶然会ってからだった。

あの日の夜を境《さかい》に彼女の様子は少しずつおかしくなっていた。もう三日ほど、ほとんどなにも口に入れることなく作業部屋で寝泊まりをしている。

元々細かった身体はさらに細くなり、頼りないものとなってしまった。

（なにがあったんでしょうか……）

怪しいのはあの時、麻衣子と話していた秘書課の二人だ。しかし、彼女たちに聞いても『知りませーん』の一点張り。実際の場面を見ていないので直樹に彼女たちを責めることはできないが、彼は十中八九彼女たちがなにかしたと思っていた。

どうしてあの時、一人にしてしまったのか。今思い出しても、それが悔やまれた。

（何事もなければ、今日も定時で帰れそうですね）

鬼気迫る表情で仕事をこなすのを、営業部の同僚はいつもより遠巻きで見つめていた。

そうしているうちに、昼になった。この時ばかりは休憩しようと食堂に向かう。

直樹のお昼はまちまちだ。コンビニでなにか買って済ます時もあれば、こうして社員食堂に顔を出す時もある。

食堂に入ると、いきなり「高坂！」と元気の良い声で呼ばれた。声のした方向を見ると、香川がいる。

今日は朝から外出の予定になっていたはずだが、どうやら昼には間に合ったらしい。

無視するのもどうかと思いそばに行くと、「まぁ、座れよ！」と相席を提案された。

暗に一緒に座りたくないと言い含めたが、「そうか。じゃ、……おばちゃん！　コイツAセットね！」と、香川しかできない超強引技のウルトラCを決めてきたので、直樹は渋々指さされたそこに腰掛けた。しばらくしてニコニコとした白髪交じりの女性が食事を運んできてくれる。

香川は運んできてくれた女性に人の好《よ》い笑みを見せた。

「おばちゃん、ありがと。あれ？　もしかして髪の毛切った？　あ、違うか。整髪剤変えたのかな？　そっちの髪型のほうが良い感じだね！」

「あら、ほんと？　ありがとう。カガワちゃんって本当よく気がつくのねぇ。またなにかあったら呼んでちょうだいね」

まんざらでもない様子で笑い、女性は去って行く。このコミュニケーション能力の高さにはいつ見ても感服させられる。

直樹は堅実に相手の信用を取っていくタイプの営業だが、香川は相手の懐《ふところ》に滑り込んでいくタイプの営業だ。

しかし、それゆえに話が長い。

今日みたいに急いでる日には関わらないほうが己のためだ。

「そういえば、奥さんの『秘密』はなにかわかったか？」

香川の言葉に直樹は箸を取ろうとした手を止める。

「それが、よくわからなかったんです。彼女の友人に電話でコンタクトを取ってみたんですが……」

「『麻衣子の秘密？　そんなもの知らないわよー。知ってても、教えるわけないでしょう』、そう言われてしまって」

「そりゃ、前途多難だなぁ」

「彼女なら知ってると思ったんですけどね」

改めて箸を取り、食事に手を伸ばす。

「それよりも、今は別の悩みができてしまって……」

「なにかあったのか？」

直樹は香川に麻衣子の現状を話した。

秘書課の二人になにか言われただろうこと。

そこから麻衣子の様子がおかしくなったこと。

ドレスの進捗がやばいらしく、やつれていっていること。

香川はその話を聞きながら、心配そうに眉根を寄せた。

「あの秘書課の二人は性格悪いって評判だからなぁ。しかも、お前のこと狙ってたみたいだし、奥さんにあることないこと吹き込んだ可能性もあるよな」

「現場を見たわけじゃないので、なにも言えませんけどね」

「まぁ、そうだよな。でも、眠ってないってのは、ちょっと心配だよな」

「ですよね」

香川はなにかを思いついたのか、急ににやついた笑みを浮かべた。

「じゃぁさ、お前があっちで、奥さんを疲れさせればいいんじゃないか？　そうすれば奥さんは疲れて眠ってくれるし、愛情を確かめ合えるし、お前も気持ちが良いし。一石三鳥！」

「あっち？　なんの話ですか？」

「エッチな話」

直樹の目が据わる。

そのまま手刀《しゅとう》を香川の頭に振り落とした。

「いで！」

「下品」

香川は頭をさすりながら、恨《うら》みがましい声を上げた。

「そうは言うけどなぁ。割とありな手だと思うぞ？　奥さん誘って、いい雰囲気に持ち込めばいいだけじゃねぇか。そういうことしてる時っていろいろ忘れられるし、疲れるし、よく眠れるし。とりあえず寝かしたいなら、いい手だと思うんだけど」

「……そんなことでなんとかなるなら、俺だってそうしたいですよ」

「それなら、試しに今晩でも誘ってみたらどうだ？」

直樹の眉間にこれでもかと皺《しわ》が寄る。

「……結婚式を控えてる今、子供でもできたらどうするんですか」

「避妊すればよくないか？」

「避妊具も一〇〇パーセントではないんですよ。万が一、ということもあります」

「いや、まぁ、そうだけど……ん？」

香川は固まる。

彼はしばらく逡巡《しゅんじゅん》した後、恐る恐る口を開いた。

「まさか、今まで一度も奥さんとしてないってわけじゃないよな？」

「そうですよ」

「はぁ⁉」

ひっくり返ったような声を上げて、香川は箸を落とした。

その正面で直樹は涼しい顔だ。

「なにをあたりまえのことを言ってるんですか」

「あたりまえじゃねぇよ！　ちなみに今どこまで⁉　キスは？」

「……一度だけ」

直樹は先日のキスを思い出す。

頬を染めながら一生懸命に踵《かかと》を上げて、キスをしてきた麻衣子は最高に可愛かった。

我慢しているこちらの気も知らないで、不用意にそんなことをしてきた彼女を、本当は路地裏に連れ込んで、そのまま襲ってしまいたかった。

眉間に皺《しわ》を寄せるだけで耐えた自分を、誰か絶賛してもいいはずである。

「はぁぁぁぁ⁉　聖人かよ！　新婚二か月目なんて毎日盛《さか》っててもおかしくないだろ！」

「下品」

ふたたび香川の頭に手刀《しゅとう》を落とす。

「何度も何度も叩くなよ！　禿《は》げたらどうするつもりだ！」

「いいじゃないですか。笑ってあげますよ」

「お前なぁ!!」

しばらく直樹を睨《にら》みつけていた香川だったが、やがて諦《あきら》めたように一つため息をついた。

「ま、結婚式前に妊娠したら大変だって、気にする気持ちもわからなくはないが、その辺、奥さんは承知してるのかよ」

「……麻衣子さんはそういう女性じゃないので大丈夫ですよ」

「いや、女性だって普通にしたい時もあるだろうよ。そりゃ男よりは少ないかもしんねぇけどさ。……というか、セックスレスって普通に離婚の理由になり得るじゃねぇか」

「離婚？」

不穏な響きに、直樹の眉が上がる。

「そ、離婚。俺の周りでも何人かいるぞ。レスが祟《たた》って、結局どっちかが浮気して別れるとか。結構、聞く話だろ？」

「まさか。麻衣子さんに限ってそれはないですよ」

「そりゃ、俺だってお前の奥さんがそういうことするとは思わないけどさ。なにもしてくれない夫に悶々《もんもん》としているタイミングで元カレと再会とか。ドラマでいったらもう不倫する一歩前って感じだろ？」

確かに、麻衣子がそういうことを求めていたとしたら、あり得ない話ではないのかもしれない。なにもしてくれない夫に悶々《もんもん》としている時に過去の男が出てきたら……

(もしかして、前にキスをしてきたのはそういう……)

そんなわけないとは思いつつも、嫌な予感がじわじわと這《は》い上がってくる。

「お前、割と人の気持ちがわからないところもあるし、マジで気をつけろよ！　とりあえず、奥さんが元カレ……湯川に会いたがってたら、要注意だからな！」

おせっかいな友人の忠告に、直樹は妙な不安を感じた。

◆◇◆

「直樹さん、お話があるんですが……」

麻衣子がそう言ったのは、直樹が帰ってすぐのことだった。

直樹はスーツを脱ぎながら麻衣子に視線を送る。

その視線は、なぜかいつもより緊張しているように見えた。

「なんですか？」

「えっと、実は……同窓会のことで」

その瞬間、直樹の気配が強張《こわば》った気がした。

しかし、今の麻衣子にそんなことを気にしている余裕はない。

「あの、この前、同窓会断ったって言いましたけど、あれ、行ったらダメですか？　結花ちゃんに、気分転換に同窓会に出てみないかって誘われたんです」

麻衣子は恐縮しながら続ける。

「最初はどうかなって思っていたんですけど、だんだんそういうリフレッシュの方法もあるかなぁって思えてきちゃって。いろんな人と話せますし。そこから生まれるドレスや新商品のアイディアもあるかなって。なので……」

「同窓会は湯川さんと会うから行かないはずでは？」

「それは、気をつけてたらきっと大丈夫ですよ。さすがに、妹の同窓会に最初から最後までずっといようとは思わないでしょうし。それに……」

直樹が結花のことを好きなら、麻衣子が誰と会ってようが、なにをしてようが、そんなことで傷つかないだろう。

（あの嬉しそうな顔も、演技だったのかもしれないし）

でも、それは悲しくなるから言わなかった。

言っても仕方がないことだ。

「それに？」

「えっと、たまには昂史さんと昔話もいいかなぁって」

「昂史さん……？」

信じられない顔で、直樹は呟く。

直樹は黙ったまま麻衣子を見つめ、聞いたことのないような硬い声を出した。

「同窓会なんて行かなくてもいいです。ドレスはこっちで用意しますから」

「え？」

「だから、ドレスを作るために同窓会に行くのならば、ドレスは作らなくても良いって言ったんです。元々予備を押さえていますし、そのドレスを着ることにしましょう」

「ちょ――」

「それか、好きなデザインのものを選び直してもいいですね。無理を言えば、今からでも借りられるでしょう」

淡々とした言葉に、麻衣子は焦って口を開いた。

「いや、違うんです！　ドレスを作るのは大変ですけど、作りたいんです！　でも、今は頭がモヤモヤしちゃって、だから……」

「ドレスなんてどうでも良いじゃないですか！」

「――っ！」

初めて聞いた直樹の大きな声に、麻衣子の身体はびくついた。

「式もドレスも、俺にとってはどうでもいいことです！　そんなもののために――」

「『そんなもの』って」

直樹の言葉にかぶせるように、麻衣子はそう漏らす。

「やっぱり、私との結婚なんて直樹さんにとってはどうでもいいことなんですか？」

「は？」

「私にとっては『そんなもの』じゃないのに……」

心臓が、じくじく痛む。

麻衣子は言葉を呑み込み、踵《きびす》を返す。

立ち去ろうとする彼女を、直樹は腕を掴《つか》んで止めた。

「麻衣子さんっ！」

「離してくださいっ！」

麻衣子は腕をはねのける。

顔が熱くなり、瞳が潤《うる》む。

その顔を見られないように、麻衣子は直樹から視線をそらした。

「……ちょっと、頭冷やしてきます」

そう言うと、麻衣子は駆け足で作業部屋に帰って行った。

明かりの消えた暗い作業部屋で、麻衣子は一人膝を抱えていた。

「好きな人と結婚できたのに、相手の気持ちが伴わなかったら全然嬉しくないんだな……」

そんな独り言が漏れた。

辛いのはその気持ちが一方通行だというところだろうか。

『高坂さん、可哀想ー。こんな、なーんの取り柄もなさそうな子と結婚する羽目になったなんて』

コンビニで出会った女性たちの言葉が、今更ボディブローのようにきいてくる。

「なんの取り柄もない、私を選んでくれたのは……」

好きな人の友人だったたからだろうか。

麻衣子は下唇をぐっと噛みしめた。

第四章　麻衣子の家出

それから二日後——

『で、口喧嘩《くちげんか》して家出してきちゃったってわけ？』

電話口から聞こえてきた結花の声に、麻衣子は思わず苦笑した。

麻衣子は直樹と住んでいるマンションから電車で四十分ほどの実家に帰っていた。

閑静な住宅街にある一軒家。

その、かつて学生時代に自分が使っていた部屋で、麻衣子は結花と電話をしていた。

「家出って言うか、実家に帰ってきただけだよ。一週間ぐらいで帰るってちゃんと書き置きしたし……」

『それを家出って言うのよ！　まったく、様子が気になって電話をかけたらとんでもないことしてるんだから』

「心配かけてごめんね？」

『私はいいんだけどね。直樹さんも、すごく心配してるんじゃない？』

「うん。一日に一回ぐらいは実家の固定電話のほうに電話がかかってくるよ」

スマホは言わずもがな。

ひっきりなしにかかってくるスマホへの電話を、麻衣子はずっと無視していた。メッセージのほうも一度『落ち着いたら連絡します』と返した後、それっきり開封もしていない。

電話口の結花は呆《あき》れたような声を出す。

『なによ。めっちゃ心配してくれてるじゃない』

「うん。……でも、どうなのかな」

『ん？』

「直樹さんが心配なのは、本当に私自身なのかなって」

『どういうこと？』

結花は訝《いぶか》しげな声を出す。

（私と離婚したら、結花ちゃんとの接点なくなっちゃうもんね……）

麻衣子の思考は悪いほう、悪いほうへと転がっていく。

『わけのわかんないこと言ってないで、ちゃんと話し合いなさいよ』

「うん。実家から戻ったらそうするつもり。……逃げてても始まらないからさ」

いつかはっきりさせなければならないのならば、早いほうがいいだろう。

本当に直樹が結花のことが好きなら、それはそれで致し方ない。

『まさか、式やめるとか言い出さないわよね？』

「それは……、どうだろ。今はわかんないや」

『まいこー』

「大丈夫。今ならぎりぎり間に合うよ」

『そういう話じゃないでしょうが』

もし、直樹の気持ちが自分に向いていないのなら結婚式はするべきではないだろう。そんな誰も幸せになれない式など、しないほうがましだった。

「大丈夫だよ。私も別れたいわけじゃないからさ。ちょっといろいろ気持ちを整理できたら、またこっちから連絡してみるつもり」

『ま、そうしてみなさい。……また連絡するわね』

「ありがとう」

麻衣子はそうお礼を言って、電話を切った。

◆◇◆

『実家に帰ります。一週間ほどで戻るので心配しないでください』

その置き手紙を見つけた瞬間、直樹の心臓は止まりかけた。

麻衣子と喧嘩《けんか》してしまったのは三日前のこと。互いに頭を冷やしたほうがいいと、喧《けん》嘩《か》した翌朝まで声をかけなかったのがあだになった。

翌朝、麻衣子は置き手紙だけを残して、ドレスと一緒に消えてしまっていた。

本当はすぐさま、迎えに行きたかった。

けれど、麻衣子の実家に連絡したところ……

『とりあえず二人とも頭を冷やしたら？　今、麻衣子のことを迎えに来ても同じことで喧嘩《けんか》するだけよ？　とりあえず、本人の言うとおりに一週間待ってみてくれないかしら』

そう彼女の母に言われ、思いとどまった。

確かに、冷却期間は必要かもしれない。

（あんなふうに言うつもりはなかったのに……）

直樹は起き抜けの頭を乱暴に掻く。

あの日は、タイミングが悪かったのだ。

香川からあんな忠告を受けたその日のうちに、彼女から昴史も参加するかもしれない同窓会に行きたいと聞いたら、そりゃいろいろ想像だってしてしまう。

彼女がそういう人間じゃないというのはよくわかっていても、焦燥《しょうそう》を止められなかった。

『やっぱり、私との結婚なんて直樹さんにとってはどうでもいいことなんですか？』

『私にとっては「そんなもの」じゃないのに……』

彼女の言葉に、直樹はなぜか違和感を覚えた。

「『結婚式』じゃなくて『結婚』か……」

彼女の言い方はまるで、直樹が麻衣子との結婚を望んでいなかったかのような言い方だった。

「もし、そうだとしたら、早く誤解を解きたいんですが……」

直樹は壁にかかっているカレンダーを見つめる。

一週間ほど実家に帰るのなら、週末に行《おこな》われる同窓会にはそのまま顔を出すつもりだろう。

「あと五日か……」

彼女が出て行って三日目の朝。

早く会いたくて仕方がなくなった。

◆◇◆

その日の夕方も直樹から電話があった。

出たのは麻衣子の母である紫《ゆかり》だ。

麻衣子の父である健史《けんし》は只今出張中で家にいなかった。なので、今家には麻衣子と紫しかおらず、健史は自分の娘がプチ家出中ということは知らなかった。

健史はひとり娘である麻衣子を溺愛しており、もしこの半家出状態を知ったら、心配するだろう。

なので、母しかいないこの状況はありがたかった。

紫は直樹と二、三言話して、最後は笑顔で電話を切った。「元気よ。大丈夫」なんて言葉が聞こえたので、きっと麻衣子の状態でも聞かれたのだろう。

なんだかとても申し訳なくなってくる。

「直樹さんから電話だったわよ」

その報告に麻衣子は「うん」とだけ返した。

目の前に置かれていた麦茶に口をつける。

正面に座った紫は頬杖をつきながら目をすがめた。

「で、アンタはほんとに一週間ずっと家にいるつもり？」

「え？　迷惑かな？」

「迷惑じゃないけど、いい加減直樹さんが可哀想よ？」

「そう、だよね」

麻衣子はうつむいた。

事実をはっきりさせたい自分と、本当のことを知るのが怖い自分が、心の中で壮絶な闘いを繰り広げている。

母が心配するのもわかるが、今はもうしばらくそっとしておいてほしいというのが、本心だった。

「まぁいいわ、アンタたち夫婦のことだしね。夫婦の話は親でも口を出すものではないわ」

「……ごめん」

「とりあえず、お風呂にでも入ってすっきりしてきなさい。そしたらその眉間の皺《しわ》も取れるかもしれないし」

「うん」

紫に促《うなが》され、麻衣子は風呂場に行くために立ち上がった。


お風呂から上がった麻衣子は、久々にドレスの前に立っていた。

実家に帰ってからの数日はドレスの前に立つのも億劫《おっくう》で、正直見るのも苦痛だった。

一生懸命作ったドレスだが、もしかしたら袖《そで》を通すことはないのかもしれない。

そう考えたら、ドレスに刻む一針一針が無意味なもののように思えてきて。結果、ドレスは数日前の状態からなんら変化を見せていなかった。

けれど、まだ直樹の気持ちをはっきりとは聞いていないのだ。自分の杞憂《きゆう》だった時のことも考えて、制作は進めておいたほうがいいだろう。

でなければ、このままでは本当に結婚式までに間に合わなくなってしまう。

しかし――

「やっぱり無理だ」

麻衣子は、トルソーが着ているドレスを見つめた。

目の前にある二着のドレスは、形だけならしっかりとしたものができている。

しかし、装飾は最低限のものしか施《ほどこ》されておらず、見た目は簡素だ。

いつかの誰かの言葉を借りるなら『貧乏くさい』。

のっぺりとした胸元にレースを当てる。

(悪くない。悪くない……はずなんだけど……)

自分のセンスが信用できない。

胸元を飾るアクセサリーは少し前に作っていた。

それとあわせて考えてみるものの、思いついたどの案も、しっくりこなかった。

「結構いい出来じゃない」

声がして振り向くと、いつの間にか紫が立っていた。

彼女はトルソーにかかったドレスを見ながら、何度か頷いていた。

「……でも、アンタらしくない作品ね」

「どの辺が?」

「なんか、普通すぎるでしょ？　無難《ぶなん》というか」

麻衣子は顔を上げる。

確かに、目の前のドレスは無難《ぶなん》だ。

良く言えば、誰にでも似合いそうなデザインで。

悪く言えば、どこにでもありそうなデザインだ。

このままならば、別に手作りする必要などない。

レンタルショップで探せば、同じようなものがあるだろう。

作ったという自己満足的な気持ちは残るが、それだけだ。

「……もう、やめようかな」

そんな弱音が漏れた。

どうせ、自己満足だ。

着ないかもしれないドレスに、こんなに時間を使わなくてもいいのかもしれない。

それに麻衣子は手作りのドレスに固執《こしつ》していたが、直樹はドレスなんてどうでもいいようなことを言っていた。

紫はちらりと娘を見る。

「ま、それもいいんじゃない？」

そして、真っ白なウェディングドレスの裾《すそ》を手に取った。

「大事なのは、なにを着て結婚式を挙げるかじゃなくて、誰と挙げるかだもの。……覚えてる？　直樹さんが挨拶《あいさつ》に来た時のこと」

その言葉に、麻衣子は紫を見る。

彼女は噴き出し、破顔した。

「直樹さん。アンタを大切にするって堂々と宣《のたま》って、麻衣子を幸せにするって誓約書まで くれたのよ? あの時、お母さん笑いをこらえるのに必死だったんだから」

あれは麻衣子の家に、結婚の挨拶《あいさつ》をしにきた時のことだ。

直樹は結婚の挨拶《あいさつ》を終えた後、麻衣子の両親に『大切な娘さんを預けていただくことになるのですし、心配でしょうから……』と麻衣子を大切にするという旨を書いた誓約書を差し出したのだ。

これには一緒にいた麻衣子も驚いた。

彼がそんなものを作っているだなんて、まったく知らなかったからだ。

けれど、真摯な想いにまた一つ彼のことが好きになった出来事だった。

紫は続ける。

「あんなに真剣に考えてくれる人が、麻衣子のことを想っていないなんてあるはずないわよ。貴女は愛されてるわよ。大丈夫。自信を持ちなさい」

まるで麻衣子の気持ちを見透《みす》かしたようにそう言い、紫は麻衣子の背中を叩く。

まだその言葉に頷けはしなかったけれど、頭の中を覆《おお》っていたもやが少しだが晴れたような気がした。

◆◇◆

「麻衣子、あんまりお洒落《しゃれ》してきてないのね」

「いや。私が気合い入れても仕方がないかなぁって思って」

二日経って週末。土曜日。

その日は同窓会だった。

結構気合いの入っている同窓会らしく、会場であるホテルの宴会場は立食形式で食事を楽しめるようになっていた。

みんな、会場内を思い思いに歩き、談笑をしている。

麻衣子は、本当は紫に励まされた次の日に実家を出てマンションに帰る予定だった。しかし、結花がどうしても一緒に行こうというのと、今キャンセルすると料理のキャンセル料を支払わなければならないというので、やむなく参加することになったのだ。

(昂史さん、来てないといいな……)

直樹に申し訳ないという気持ちもあるが、単純にあまり会いたくないというのもある。

あのノンデリカシー大王になにを言われるか、わかったものじゃないからだ。

当時のクラスメイトは四十人。その半分以上が同窓会に参加していた。

まったく変わりがないまま大人になった者もいれば、雰囲気が変わりすぎて誰なのかわからない者もいた。

「結構参加してるのね。あ、なおちゃんも来てる！　みすずも！」

麻衣子の隣で結花は楽しそうだ。

しきりに知ってる人を見つけては甲高い声を上げていた。

クラスメイトは、みんなお洒落《しゃれ》してきているようだった。

パーティードレスのような格好をしている者もいる。

懐かしい再会に、いろんな意味で期待している人も多かった。

同窓会とは、突然の恋が始まってしまうイベントでもある。

隣を見れば、結花はもういなかった。

視線の先には、もう誰かと談笑する彼女の姿。

結花は一人で行くのは心許《こころもと》ないくせに、来たら来たで誰よりも楽しんでしまうタイプの人間なのだ。

「麻衣子！」

呆《あき》れた視線を結花の背に送っていると、突然肩を叩かれた。

振り返ると昂史がいる。

麻衣子は思わず頬を引きつらせた。

「……湯川さん。本当に来たんですね」

「まぁね！　お祭りごとだし！　でも、『湯川さん』ってどうしたの？　いつもみたいに名前で呼べばいいのに」

「一応、もう結婚しましたし」

「まー、確かにな！　高坂さんに悪いか。……なら、俺も麻衣子って呼び捨てをやめて『麻衣子ちゃん』って呼ぼうかな！」

（この人わかってないなぁ……）

そこで気を遣うならば、『麻衣子ちゃん』ではなく『高坂さん』や旧姓で呼ぶべきだろう。そこでちゃん呼びをしてしまうあたりが、彼らしいと言えば、彼らしかった。

「あ、それより聞いてくれよー！　俺の元カノ、別れた腹いせに、俺の変な噂流してるらしくて！」

「噂？」

「俺が女の子の裸の写真を撮って、脅《おど》してるって噂！　麻衣子は聞いたことない？」

確か少し前に、直樹が湯川に悪い噂があると言っていたような気がする。詳細は聞かなかったが、きっとそのことだろう。

取引先の会社に知られるまで噂が広まっているというのは、なんだか可哀想な気がしないこともない。

「少し浮気したぐらいで、そんな噂流すなんてあり得ないよなぁ？」

「浮気って。……自業自得な気がしますけど」

「えぇ⁉」

昂史はひっくり返った声を上げる。

彼がそういうことをする人間かは置いておいて、それぐらいの噂を流されるようなことをしているのは確かだった。

「今の彼女のことは割と本気なのに、その噂のせいで別れそうになっててさ……」

「それじゃ、こんなところで話してる暇なくないですか？　他の女性とこうやって話し込むの、彼女さんだったら嫌だと思いますけど。……しかも私、仮にも元恋人ですし」

できるだけ早く追い払いたくて、そう言う。

しかし彼は立ち去ることなく、大きく目を見開いただけだった。

「麻衣子って大人になったんだなぁ」

「そりゃ、十年以上も経ちますから」

「俺が大人の女にはしてやれなかったけどな」

「……そういうところですよ。女性から嫌われるの」

「うっそ⁉」

昂史は大げさに驚いて見せる。

昔は大人に見えた彼だが、今こうしてみると子供のようだ。

同じ年齢でも直樹のほうが何倍もしっかりしている。

「ま、でも。麻衣子の忠告なら聞いておくか。……ってことで、俺は今日できるだけ女性と話さないように、男性ばかりのあっちのグループに交ざりたいと思います！　んじゃ、またな！」

「頑張ってください」

そうして彼は、宣言通りに男ばかりのグループに交ざりに行っていた。


それから二時間ほど、麻衣子はそれなりに楽しく過ごした。

十年ぶりに会う友人との会話は面白く、久しぶりにお腹を抱えて笑ったような気がした。

それでも頭のどこかには直樹がいて、ふとした瞬間に彼と暮らす家に帰りたくなる。

自分で出ていった癖に直樹に会いたいと思ってしまうのだ。

「ねぇ、麻衣子ぉ、にじかいいこうよぉー」

「えっと……」

「いいじゃん！　結婚相手のこととか、きかせてよぉ！」

一次会がお開きになり、麻衣子は道の真ん中で酔った友人たちに揺さぶられていた。

二次会の会場はカラオケらしく、歌がそんなに得意ではない麻衣子は行くことを渋っていた。というか、そもそも会場がカラオケでなくとも帰るつもりだったのだ。

(早く、直樹さんに会いたいし)

まだ時刻は八時を過ぎたあたり。今から急いで実家に帰り支度をすれば、今日中にマンションにたどり着くはずである。

いろいろなことがはっきりするのは怖いが、今はただただ彼に会いたかった。

一週間会えないのが、こんなに辛いと思わなかった。

「あのね……」

「いいじゃん。久しぶりに会ったんだしー」

「しかも会ったら、結婚してるってどういうことなのよ！　写真の彼、めっちゃかっこいいしー！」

「そうよ、そうよ！　ずるいー！　ノロケ話聞かせなさいよー！」

「えっと……」

元来、人の頼み事を断るのは苦手な麻衣子である。

もしもそれが得意ならば、結花に同窓会へ一緒に行こうと頼まれた時に断っていた。

彼女は揺さぶられながら、二次会会場へと歩を進ませていた。

他の人たちはもう会場に行っており、行ってないのは渋る麻衣子と、彼女を挟む友人二人、計三人だけだ。

その時――

「わぁっ」

「きゃっ！」

麻衣子の右隣を歩いていた子が、反対側から歩いてきた男性にぶつかった。

その瞬間、友人はよろけて麻衣子のほうへ倒れ込み、男性は尻餅をついてその場に座り込んだ。

「いったいなぁ！　もぉ！」

「すみません」

「ごめんなさい」

「大丈夫ですか？」

友人が謝ると同時に麻衣子も頭を下げる。

男性は、ぶつかってきた人物が女性だとそこで気づいたのだろう。麻衣子と友人二人を見上げると、にんまりと嫌な顔をした。

座ったままの男性は手を差し出す。

「ほら、転ばせちゃったんだから、起こして！」

その手はぶつかった友人にではなく、麻衣子に向いていた。

「えっと……」

「ほら！」

両隣の友人たちは目を見合わせる。

どうやらこの中で一番おとなしそうな麻衣子がターゲットに選ばれたようだった。

とはいえ、転ばせてしまったのは事実なので、麻衣子は男の手を取る。

そうして助け起こそうとした瞬間、ぐっと腕を引かれた。

麻衣子は蹈鞴《たたら》を踏み、男性の上に転《こ》けてしまう。

頬に、男の脂ぎった大きなお腹が当たる。そして強く香る酒の匂い。

瞬間、男が「ふひっ」と笑った。絶対にわざとである。

汗とお酒と男の体臭が鼻をつく。

あまりの気持ち悪さに、麻衣子は距離をとろうとした。しかし、掴《つか》んだ手を彼は離してくれない。

(こんな道のど真ん中で⁉)

背中に腕が回された瞬間、悪寒が走った。

あろうことか男は、麻衣子を抱きしめてきたのだ。

「柔《やわ》らかい」

男の呟きが耳を掠《かす》める。

その言葉に、全身が粟立《あわだ》った。

「いやっ！」

鞄《かばん》につけていた防犯ブザーに手を伸ばす。

咄嗟《とっさ》に引き寄せ男に近づけたところ、バチッとなにかがはじけるような音が鳴った。

「──っ！　いたぁっ！」

「え、これ⁉」

それは直樹がもしもの時のためにと、麻衣子に持たせていたスタンガン付き防犯ブザーだった。

小さいので電圧は低いが、抱き着いてきた男の腕を離すぐらいの効果はあるようだった。

腕を離した男は声を上げる。

「なにすんだっ！」

「そっちこそ、なにをしてるんですか！」

その時、聞き慣れた声がして、麻衣子の腕は逆側に引かれた。

そのまま立ち上がらされ、背中から誰かの胸板にダイブする。

うしろからぎゅっと回された腕に、なぜかどうしようもなく安心した。

「麻衣子さん、大丈夫ですか？」

「……直樹さん……」

見上げた先にある直樹の顔に、体中の力が抜けた。

「お、俺は悪くないぞ！　その女が勝手に……っ！」

男は立ち上がりながら、唾《つば》を飛ばす。

直樹は麻衣子を自分のほうに抱き寄せると、聞いたこともないような凍《い》てついた声を出した。

「そうおっしゃるのなら、警察を呼びましょうか。ここには目撃者もたくさんおられることですし、第三者の判断を仰ぐこととしましょう」

直樹はスマホを取り出す。

あたりを見回せば、人垣ができ始めていた。なんだなんだと囁《ささや》きあう人たち。

その中には、スマホで男の顔を撮っているような野次馬もいる。

きっとSNSで拡散しようと思っているのだろう。

直樹はスマホを耳に当てる。

それを見て、男は弾《はじ》かれるように逃げ出した。

あっという間に小さくなっていく男のうしろ姿を見ながら、直樹はスマホの通話ボタンを切り、ポケットにしまう。

そのまま、はぁあぁ……と深いため息をつきながらしゃがみ込んだ。

「な、直樹さん⁉」

「なにをしてるんですか、本当に……」

少し怒りのこもった声に、身体が小さく飛び上がった。

「なんでこう、君は危なっかしいんですか……」

「ごめんなさい。でも、直樹さんはどうして……」

「君を迎えに来たんですよ。決まっているでしょう？」

優しくそう言われ、心臓が飛び出すかと思った。

直樹は立ち上がり、麻衣子の正面に立つ。

「帰省は一週間と指定があったので、本当なら明後日《あさって》迎えに行くのが筋だと思ったんですが、いてもたってもいられなくて、今日迎えに来たんです」

「そうだったんですね」

「本当は同窓会になんて行かせたくなかったんですが、君も友人と積もる話があるだろうからと、二次会が始まったあたりで迎えに行こうと思ったんです。そしたら、あの状況で……」

先ほどの光景を思い出したのか、直樹は急に苦々しい表情になる。

「いきなり君が道の真ん中で知らない男に抱きかかえられている姿を見た時の、俺の気持ちがわかりますか⁉　本当はあの男に蹴りの一発でも食らわせてやりたかったですよ！」

直樹は珍しく感情を高ぶらせているようだった。

「あの……麻衣子？」

「その人って、もしかして……」

呆然と今のやりとりを見ていた友人二人が、恐る恐る声をかけてくる。

その視線の先には直樹がいた。

「あ、あの……」

「夫の直樹です」

麻衣子が答える前に、直樹がはっきりとそう言う。

「えぇぇぇ！　めっちゃかっこいいじゃん！」

「写真よりいい男！」

「麻衣子、羨《うらや》ましぃ!!」

「ねぇ、出会いは？　どうやって付き合うことになったの？」

「あの。えっと……」

あからさまにはやし立てられ、麻衣子の頬が熱くなる。

縋《すが》るように直樹の手を握ると、彼は一瞬だけ息をのんで彼女の手を握り返してきた。

その力は痛いぐらいに強い。

「あの、すみませんが、もう彼女をお返しいただいても？　しばらく離れていたので、俺ももう限界なんです」

「へ？」

直樹の『限界』という言葉になにを想像したのか、友人たちは、きゃぁっ！　と甲高い声を上げた。

そして、バシバシと肩を叩いてくる。

「お熱い夜になりそうですなぁ」

「ですなぁ」

「ちょ、これは……ちが――」

頬を赤らめたまま二人は麻衣子を茶化す。そして、どうぞどうぞと麻衣子を直樹に引き渡した。

「みんなには私たちから言っておくね！」

「麻衣子の旦那さんも、助けてくださってありがとうございまーす！」

そう言って彼女たち二人は二次会会場のほうへ消えていった。

後には高坂夫婦だけが残される。

麻衣子の全身は無駄に熱く、火照《ほて》っていた。

「行きましょう。麻衣子さん」

彼は麻衣子の手を取る。

そのまま夜の町に一歩踏み出した。


「ど、どうしてこんなところに……？」

二人がたどりついた場所は、飲み屋街にあるラブホテルの一室だった。

ラブホテルと言っても、ピンク色のド派手な空間というわけではなく、部屋の選び方と『休憩』で利用ができるという点だけが違う、一見、普通のホテルである。

端に置かれた観葉植物や、間接照明はお洒落《しゃれ》なぐらいだし、アメニティも充実している。

しかし、中心にあるキングサイズのベッドと正面の大きなモニター、シャワー室がガラス張りなのは、さすがラブホテルと言わざるを得ないだろう。

麻衣子は部屋の隅で固くなっていた。

どうしてこんなところに連れてこられたのだろうと考えをめぐらせる。男女がラブホテルに赴《おもむ》いてすることといえば一つだが、キスもままならないのにこれから先など想像もできない。

直樹はソファーに鞄《かばん》を置き、上着を脱いでいた。

「少し話し合いをしたくて静かな個室を探していたんですが、こんなところしか確保できなくてすみません。ビジネスホテルぐらいなら空いてると思ったんですが、どこも満室みたいで……」

「あ、そうなんですね」

一瞬でも『もしかしたら……』と期待した自分が恥《は》ずかしくなる。

麻衣子もソファーに鞄《かばん》を置くと、ベッドの端に腰かけた。

（でも、そうだよね。直樹さんは私とそういうことするつもりなさそうだし）

そこまで考えて、同窓会で盛り上がっていた気分が一気に落ち込んでくる。

（しかも、話し合いってことは、今から私は直樹さんに振られる可能性もあるというわけで……）

思わず、大きなため息が口から漏れた。覚悟をしていたとはいえ、やはりこうなると怖い。直樹は上着をハンガーにかけ終わると、麻衣子の正面に膝をつく。

「とりあえず、服を脱いでください」

「へ⁉」

「先ほどのことで、怪我をしてないかどうか確かめたいので。あぁ、下着はつけていて大丈夫ですよ。それ以外は全部脱いでくださいね。心配なので」

直樹の言葉に麻衣子はしばらく固まった後、一瞬にして真っ赤になり、両腕で自身の身体を抱きしめた。そして、狼狽《うろた》えたように「ええ⁉」と声を上げるのだった。

インナーのタンクトップとスカートは脱がなくて良いという条件で服を脱いだ麻衣子は、直樹に身体中を確かめられていた。

腕や脚はもちろんのこと、首筋や腹部なども確かめられるので、恥《は》ずかしくてしょうがない。しかし、麻衣子の身体を見る彼の視線があまりにも真剣だったので、頬を染めつつも抵抗はできなかった。

「大丈夫なようですね。怪我はないようですし、ストッキングの膝が少し伝線してるぐらいでしょうか」

脱いだ服を優しく肩にかけながら直樹は言う。

その顔には安堵《あんど》の笑みが浮かんでいた。

麻衣子は直樹の顔を見上げた後、悲しくなって視線を落とした。

(直樹さん、優しいな)

結花とつながるために結婚し、その婚姻関係を続けるために優しくしてくれているのだとしても、麻衣子はその優しさが嬉しかった。

しかし、嬉しいがゆえにどうしても涙腺が緩んでしまう。

視界が滲《にじ》むと同時に、直樹が麻衣子を覗《のぞ》き込んでくる。

「どうかしまし――」

直樹は麻衣子の顔を見た瞬間、息をつめた。

そして、ぎゅっと両肩を握ってくる。

「どこか痛いんですか⁉　やはりどこか怪我でも？　それとも精神的な……」

「い、いえ！　あの！　直樹さんがあまりにも優しくしてくるので」

「優しく？　それでなんで、泣くんですか？」

「いや、だって。こんなに優しくしてもらってるのに、もしかしたらこの後別れ話なのかなとか、そんなこと思ってたら……」

「は？　別れ話？」

直樹はひっくり返ったような声を上げる。

その顔は困惑を通り越して、混乱しているようだった。

「あの。私……聞いちゃったんです。直樹さんが、私と会う前から結花ちゃんの雑貨屋さんに通ってたって……」

「だから？」

「えっと。だから……」

「それでなぜ、俺と君が別れるって話になるんですか⁉」

本当に意味がわからないというような顔で直樹が声を上げる。

麻衣子も負けじと声を張った。

「な、直樹さんは、結花ちゃんのことが好きなんですよね⁉」

「はい⁉」

その時見た直樹の顔は、今までで一番間抜けだった。

「……君が勘違いした経緯はわかりました。あの秘書課の二人には今度注意しておきます」

「い、いえ！　私がすぐに確かめなかったのが悪いんです！　まさか、直樹さんが妹さんに頼まれて通っていたとは思わなくて……」

本当にこれは、勘違いした麻衣子が悪い。

早めに直樹に真相を確かめておけば、ここまで大事《おおごと》にはならなかったのだ。

「でも、雑貨屋に前から通ってたってだけで、なんで結花さんを好きとかそんな勘違いを……」

麻衣子は申し訳なくなってうつむいた。

「いや、だって、その。直樹さん、結花ちゃんの連絡先を聞いてきましたし……」

「君の『秘密』とやらが気になったので、結花さんに探りを入れてみたんですよ。結局わかりませんでしたけど」

「直樹さんの口から、好きとかどうとか、聞いたことありませんでしたし……」

「俺は好きでもない相手の元カレに嫉妬《しっと》したりはしませんよ」

「それに、キスしたら、嫌がられちゃいましたし……」

「それは……」

直樹が言葉に詰まる。

麻衣子はその顔を見て、ますますうつむいた。

「いやまぁ、なんというか。単に私が好みじゃないって話だったんでしょうけど、その時は結花ちゃんのことが好きだから、私に手を出さないんだろうって……」

考えてみれば『好みじゃないから手を出さなかった』という事実も辛いものがあるが、他に好きな人がいるということに比べれば、十分マシだった。

好みじゃない云々はこれから頑張って改善していけばいいだけである。

「誰が好みじゃないって言ったんですか？」

優しい声がして、太腿《ふともも》に置いた手に彼のそれが重なった。

「言っておきますが、俺が君に手を出さないのは、結婚式を控えているからですよ？」

「へ？」

「今、君を妊娠させてしまうわけにはいかないでしょう？　避妊具をつけても完璧に避妊できるわけじゃないですしね。妊娠するとドレスの採寸をし直さないといけませんし、悪阻《つわり》などが酷いと、最悪、結婚式を延期せざるをえなくなってしまいますから」

「キスなんかしたら、我慢がきかなくなりそうで怖かったんです」

直樹は涼しい顔でさらりとそう宣《のたま》う。

「じゃあ……」

「いい機会ですから伝えておきますね。結婚式が終わってからは覚悟しておいてください。今まで通りに、ぐっすり眠れるとは思わないでくださいね」

瞬間、麻衣子の体温は急上昇した。

瞬間湯沸かし器のように血が沸騰《ふっとう》を始める。

直樹はそんな彼女の手を優しく包み込んだ。

「今回のことで、俺も反省しなくてはいけないことができましたね」

「反省？」

「基本的に報連相《ほうれんそう》が足りていませんでしたね。俺がどういう意図で君に触れないかを、ちゃんと言っておくべきでした。それと……」

ちゅっと頬にキスが落ちる。

信じられない面持ちで顔を上げると、彼は目尻を赤くしながら微笑んでいた。

「好きですよ。麻衣子さん」

「あの……」

「え？　でも、キスは……」

「おそらく、これが一番の原因ですね。俺が君にちゃんとそう言ってなかったから、こんな行き違いが起こったんでしょう？　……すみません。口下手で」

ぎゅっと抱きしめられる。

柑橘系の香水の香りと、甘い汗のにおいが鼻腔《びこう》を掠《かす》めて、頭がくらくらした。

麻衣子は彼の背に手を回す。

「好きですよ。本当に好きです。麻衣子さん」

「わ、私も、直樹さんが、すき、です」

肩口に顔をうずめながら麻衣子も応《こた》える。

恥《は》ずかしくて小さな声になってしまったが、こんなに耳が近いのだから、きっと聞こえているだろう。

その証拠に、彼女を抱きしめる腕の力がぐっと強くなる。

「あんまり可愛いことを言わないでください。……これでも結構我慢しているんですから」

「い、良いですよ。……直樹さんが、したいなら……」

「麻衣子さん」

窘《たしな》めるような声に、麻衣子は唇を尖《とが》らせた。

「確かに、避妊具は確実ってわけじゃないですけど、できたらできたで、それはおめでたくないですか？」

「それはそうですが……」

「ドレスが合わなくなったら、マタニティ用のを借りればいいだけですし……」

「いいんですか？　あんなに手作りにこだわっていたのに」

「いいんです。どんなドレスを着るかより、誰の隣で着るか、ですから。それに……」

「それに？」

「私、直樹さんとの子供なら、いつできても嬉しいです」

瞬間、直樹の身体がわずかに硬直する。

そして、ぴったりとくっついていた身体を離され、顔を覗《のぞ》き込まれた。

「君は、そんなにしたいんですか？」

その質問に、麻衣子はゆでだこのように一瞬にして真っ赤になる。

今までの発言を反芻《はんすう》して、自分の危うさに身が震えた。

「へ？　あっ！　その……わわっ‼　ち、違うんです！　これは、したいとかそういう話じゃなくて‼」

「俺は、したいですよ。……君が許してくれるのなら」

肩を軽く押された。すると、麻衣子の背はベッドに倒れ込む。

直樹は麻衣子に跨《また》がり、髪の毛を掻きあげた。

その仕草が妙に色っぽい。

「いいんですか？」

麻衣子はその質問に、ゆっくりと頷いた。


直樹は自分のシャツのボタンをすべて外し、麻衣子に覆《おお》いかぶさってくる。

額《ひたい》に触れる彼の前髪がくすぐったくて目をつむれば、静かに唇が落ちてきた。

少し水気を帯《お》びた柔《やわ》らかな感触に、背筋がぞくぞくする。

何度も確かめるように唇が落ちてきて、その唇が離れるたびになにかを我慢するような艶《なま》めかしい吐息が直樹の口から漏れた。

初めて唇にしてもらったキスに、頭の芯が溶けてくるのがわかる。

心臓はどくどくと脈打ち、自分でもよくわからない期待で身体が硬くなった。

直樹は麻衣子の唇を吸いながら、タンクトップの裾《すそ》から指先を滑り込ませてきた。冷たい指先に鳥肌が立つ。いろんな意味で、ぞくぞくと背筋が震えた。

直樹は麻衣子のタンクトップを押し上げる。

そして、その下のブラジャーに手をかけたその時……

「ちょ、ちょっと！　待ってください！」

麻衣子は思わず、直樹の手をはねのけて自分の胸を隠すように腕をクロスさせた。

「やっぱり、やめておきましょうか？」

少し気落ちしたような声で直樹はそう言い、身体を起こした。

麻衣子は焦って口を開いた。

「違うんです！　したくないとかじゃなくて!!　実は……」

「実は？」

「この下に、例の『秘密』があるんです」

直樹は目を瞬《しばた》かせた。

「だから、直樹さんにはちゃんと自分で言っておきたくて……」

麻衣子は背中に手を回し、ブラジャーのホックを外す。

そして、頬を真っ赤に染めたまま自《みずか》らブラジャーを取った。

身体の割には豊満な二つの胸が、ぷるんと揺れる。

直樹はその揺れる胸をじっと見て、困惑したような声を出した。

「……これのなにが『秘密』なんですか？」

「もっとちゃんと見てください！」

恥《は》ずかしいのか、麻衣子はそっぽを向いたまま声を上げる。

直樹はようやく揺れの収まってきた胸をじっと見つめ、ふたたび首を捻《ひね》った。

「これがなにか……？」

「な、なにか感想はありませんか？」

「綺麗《きれい》な胸ですね」

「他には？」

「も、もうちょっと待ってくださいっ！」

麻衣子はまた胸を隠した。その顔は羞恥《しゅうち》で若干泣きそうになっている。

「なにが『秘密』なのか、正直さっぱりなんですが」

「あの、私の胸、変じゃないですか？」

「変？　どこが？」

「ち、乳首が埋まって……その……」

麻衣子の顔がさらにかぁっと赤くなる。

「私、陥没乳首ってやつで！　その、湯川さんには付き合ってる時に笑われちゃって！　それ以来、胸を見られるのが恥《は》ずかしくて……」

「……まさか、それが『秘密』なんですか？」

麻衣子は首肯した。

「それまで自分の胸が変だと思ってなかったから、笑われて結構ショックで。それがきっかけで湯川さんとも別れちゃったんです。それ以来、笑われるのが嫌で男性とも付き合えなくて……」

その話を聞いて、直樹は天を仰ぎ、ため息をついた。

麻衣子は、おろおろと視線をさまよわせる。

「ほんともう、いろいろ言いたいことがあるんですが。……とりあえず」

直樹はふたたび麻衣子を組み敷いた。

「麻衣子さんの胸は変じゃないですよ。というか、麻衣子さんの胸というだけで、すごくそそられます」

「直樹さん……」

麻衣子は思わず感動した声を出した。

しかし、喜ぶ麻衣子とは反対に直樹の声は低くなる。

「けれど、湯川さんが俺の前に君の胸を見たという事実は、本当に腹が立ちますね。付き合っていたので仕方がないとは思うんですが、それでも……。というか、好きな人の胸を見て、笑う男がいるのが信じられないんですが」

「湯川さん。悪い人じゃないんですけど、デリカシーがないんですよ」

「その、麻衣子さんが彼のことを元恋人っぽく話すのもすごく嫌です」

「いや、現に元カノなので……」

直樹は眉をひそめる。

なぜ機嫌が悪くなっているのかわからない麻衣子は、頭の上に疑問符を浮かべた。

「君は俺の奥さんでしょう？」

「……そうですが」

「君が頭に思い浮かべて良いのは、俺だけです」

直樹の顔が、麻衣子の首筋に埋まる。

首の付け根にぴりっと電気が走り、麻衣子は顔をしかめた。

「んっ」

「そろそろ続き、良いですか？　そこまで見せられて、まだお預けを食らってる俺の身にもなってください」

胸を押さえていた両手首を、彼はシーツに縫い付けた。

露《あら》わになった双丘をじっくりと見下ろされて、麻衣子は顔から火が出る思いがした。

「こんな可愛らしい『秘密』で良かったです。実は結構心配していたんですよ」

「それは、すみません」

「でも、この『秘密』のおかげで、俺が君の初めての男になれるようなので、そこは得した気分ですね」

直樹は麻衣子の胸に手を這《は》わせた。

感触を楽しむように揉《も》まれて、思わず変な声が出そうになる。

「麻衣子さん、見ててください」

直樹は麻衣子の胸の先端を舐めた。そして口に含み、吸い上げる。そのまま歯を立てられ、麻衣子はのけぞった。

「んんっ——」

背中を反らし、シーツを掴《つか》む。

直樹の手は、口に含んでいないほうの胸を親指と人差し指でぐりぐりと虐《いじ》め始める。

「うんぁぁ……」

感じたことのない刺激に、お腹の奥がぎゅっと締め付けられたようになり、麻衣子は膝を擦り合わせた。

それからしばらく、直樹は麻衣子の胸を愛撫していた。

頭がおかしくなるかと思うぐらいの刺激を受けて、麻衣子の頭は熱く、呆《ほう》けてしまう。

「麻衣子さん。ほら、これなら恥《は》ずかしくないですか？」

直樹は口についた唾液《だえき》を指で拭《ぬぐ》いながら、胸から顔を上げた。

麻衣子が彼のほうを見ると、そこにはぷっくりと立ち上がった二つの赤い実がある。

「え？ ……どうして」

「麻衣子さんの胸は、気持ちが良いと反応してしまうようですね」

「気持ちが良い？」

「エッチな胸ですね」

そう言われて、血液が一瞬にして沸騰《ふっとう》した。

麻衣子は唇を尖《とが》らせる。

「直樹さんのイジワル」

「俺にここまでさせた罰ですよ。本当は結婚式まで指一本触れないでいようと思ったのに……」

直樹の手がショーツに伸びる。

下着の上から割れ目をなぞられて、麻衣子の身体は小さく跳ねた。

「ひゃんっ」

直樹の指先は何度も割れ目を行ったり来たりする。

麻衣子は脚を閉じて抵抗するが、彼はそんな抵抗など意《い》に介《かい》さないようで、彼女の肉裂を執拗《しつよう》になぞった。

「んぁ、ぁ、ぁ」

身体の中心が疼《うず》き、トロリとした液体が分泌され臀部《でんぶ》に伝う。

「濡れてきましたね」

「んんっ」

「麻衣子さん、湯川さんとは結局どこまでしたんですか？　ここを触らせたりは？」

「む、胸を、見られただけで……それ、以上は……」

麻衣子は熱い吐息を吐きながらそう説明する。

その答えに、直樹は嬉しそうに頬を引き上げた。

「じゃぁ、ゆっくり可愛がっていかないといけないってことですね」

「ぁ……」

直樹の指がショーツのふちからゆっくりと侵入してくる。

そのまま、彼の中指は麻衣子の中へ侵入してきた。

「んん——っ！」

初めて感じる圧迫感に、麻衣子は息を詰める。

「きついですね」

直樹は根本まで深く押し入れた指を、まるで中を広げるようにぐるりと回した。そして、肉壁を擦り始める。

ねばついた水音が室内に響いた。

「ぁ、あぁ、ぁ、ぁ……」

ろくな抵抗もできないまま、麻衣子は迫りくる快感に喘《あえ》ぐ。

直樹は片手をショーツに伸ばしながらも、口では彼女の胸の頂《いただき》を吸い上げ、甘く噛んだ。

生理的な涙が瞳に膜を張る。

もうどうしていいのかわからないまま、麻衣子はシーツにつま先を突っ張った。

「んんぁっ……」

「麻衣子さん」

艶《つや》を含んだ声で名を呼ばれ、麻衣子は直樹を見る。

「指、二本になっていますけど、気がついていますか？」

「え？」

「ほら」

ショーツから引きぬいた指を見せられ、麻衣子は思わず目を背《そむ》けた。

彼の長い人差し指と中指が、てらてらと光る。

「もう、下着は脱いでおきましょうね」

そう言って彼はスカートと下着を麻衣子からはぎ取った。

いつの間にかタンクトップもブラジャーも取り払われており、麻衣子は生まれたままの姿になっている。

直樹は自《みずか》らのシャツも脱いだ。

目の前に現れた均整の取れた肉体に、目が釘付けになる。

「とりあえず、一度イっておきましょうか。そうしたら、少しは楽になるはずです」

そう言うと、彼はもう一度陰部に手を伸ばし、先ほどよりも激しく手を動かし始める。

「ちょ、もっと、ゆっく……んぁぁ――っ」

目の前がチカチカする。呼吸の仕方も忘れてしまいそうなほどだ。

身体の中心がこれでもかと熱くなり、収縮する。

「も、だめ、へんにぁぁぁ――」

高まった熱を一気に放出するように、麻衣子の身体は、中に入っている直樹の指を締め上げながら高みに上《のぼ》り詰めた。


気がついた時には、直樹がまだ覆《おお》いかぶさっていた。

麻衣子は小さく身をよじる。

「私、気を……？」

「ほんの一、二分の間ですよ」

直樹は麻衣子の額《ひたい》を愛おしそうに撫《な》でた。その頬には汗が浮かんでいる。

「でも、起きてくれて良かったです。正直、あんな艶《なま》めかしい君を見せられて、俺も限界だったので……」

「限界？」

「承諾がないまま、これ以上はできないでしょう？」

直樹はいつの間にか下着姿になっていた。

彼のボクサーパンツの中心は大きく膨れ上がっている。

それを目にした瞬間、麻衣子の心臓が大きく跳ねた。

「そろそろ、俺もいいですか？」

そうは言うが、彼は避妊具を出す気配を見せない。

もしかして、このまま続きをするのだろうか。

（確かに、できてもいいって言ったけど、え？　今日、もうそのまましちゃうの⁉）

さすがにそこまでのことは予想していなかった。

「えぇっと。あ、あの……」

「最後まではしませんよ。麻衣子さんのドレス姿、俺も楽しみですから」

麻衣子の狼狽《うろた》える声に、直樹はそう言って苦笑を漏らした。

彼は麻衣子をうつぶせに寝かせると、その臀部《でんぶ》を持ち上げる。

お尻を突き出すような形になった麻衣子は、真っ赤な顔で直樹を振り返った。

「あ、あの……」

「しっかり脚を閉じていてくださいね」

次の瞬間、麻衣子の太腿《ふともも》の間に熱い棒が差し込まれる。

それがなんなのか、恋愛経験の乏しい麻衣子でもさすがにわかった。

「これっ！　んぁっ……」

直樹の男根が麻衣子の赤い突起を刺激する。

とろりと零れ落ちてきた蜜により滑りがよくなったのか、直樹はまるで本当に麻衣子の中に入っているかのように腰を打ち付けた。

「あぁん、あぁっ、ぁん」

「――っ！」

割れ目を今までにないもので激しく擦られ、さらには突起も刺激され、麻衣子はふたたび高みに押し上げられていく。

直樹の苦しそうな吐息も、さらに彼女を切なくさせた。

「ふぁ……」

ふたたび目の前が真っ白になる。

それと同時に太腿《ふともも》に挟んだ彼のモノが大きく脈打った。

第五章　結婚式

結婚式当日は、まさにハレの日にふさわしい晴天だった。

「で、最後までドレス見せてもらってないのかー。主役なのにカワイソー」

「うるさいですよ」

直樹はいち早く来た香川と控え室で談笑していた。というのも、結婚式の受付を彼が担当してくれることになったのだ。他には会社の後輩が一人手伝ってくれている。

麻衣子の友人も二人ほど受付を担当してくれる。

あの、同窓会で麻衣子を二次会に連れて行こうとしていた二人だ。

彼女たちはキャッキャと騒ぎながらロビーに飾られた二人の写真を見ていた。

「結局、ドレスはちゃんと完成したのか？」

「みたいですよ？　俺は当日までお楽しみと言われて、途中からまったく見ていませんけど。今朝、自信作だと笑っていたので納得がいくものが作れたんでしょう」

同窓会から帰ってきて以来、麻衣子のスランプは完全に治っていた。

そして、それまでの遅れを取り戻すかのように作業部屋にこもって出てこなくなった。

麻衣子は集中すると寝食を忘れるタイプのようで少し心配したが、スランプの時とは違い生き生きと作業をしていたので、直樹も止めることはできなかった。

「でも。とうとう、お前が結婚かー！　俺もそろそろ身を固める準備しないとダメかなー」

「言っておきますが、籍だけは四か月ほど前から入っていましたからね」

「まぁ、それはそうなんだけど。ほら、実感が薄かったっていうか！　今日改めて『高坂結婚するんだー』って思ってな。いやぁ、めでたいなぁ」

香川は満面の笑みを浮かべる。こうやって人のことを素直に祝えるのは彼の美点だ。

昔、高坂が初めて営業で一番の成績を収めた時も、彼はこうやって喜んでくれていた。

同時に『めっちゃ悔しいから、俺も頑張る！』とも言っていたけれど。

「それより、あの子たち呼んでも良かったのか？　麻衣子さんのスランプの原因だろ？」

香川が言う『あの子たち』というのは麻衣子がスランプに陥《おちい》る原因を作った秘書課の二人だった。

本当は直樹が直接お灸《きゅう》を据えたかったのだが、麻衣子の要望により彼女たちにはなにも言っていなかった。

「麻衣子さんが呼べって言ったんだろ？」

「『本人たちがもし希望していたら、呼んでほしい』と言われただけですよ」

「……大丈夫なのか？」

「さぁ」

「『さぁ』ってお前。式、しっちゃかめっちゃかにされたらどうするんだよ」

さすがの香川も不安げな表情を浮かべている。

しかし、いつもならそこで心配症を大爆発させている直樹は余裕の表情だ。

「その時はもうその時です。万が一の対処はしていますから、大丈夫ですよ。それに……」

直樹はそこで言葉を切った。その表情は驚くほどにすっきりとしている。

「今日というこの日が、俺たちの思い出の日になることは変わりませんからね」

「ヨユーだなー」

「麻衣子さんといると、ちょっとやそっとのトラブルでは動じなくなるんですよ」

その時、背中を誰かに叩かれた。振り返れば、ウェディングプランナーの女性がいる。

彼女は結婚式の介添人もしてくれていた。

「新郎様、新婦様がお支度できましたよ」

その言葉に、直樹は立ち上がる。

香川に「とうとうドレス姿見れるな！」と冷やかされたが、無視をしておいた。


階段を上《のぼ》り、新婦の控室に入る。

部屋を二分するようにカーテンが引かれ、その奥から衣擦れの音がした。

ウェディングプランナーとメイク師の二人は顔を見合わせ合図をすると、二人を隔《へだ》てるカーテンを引いた。

すると、そこには――

「ど、どうでしょうか……」

白いドレスに身を包む麻衣子の姿があった。

全体的にすっきりとしたデザインが逆に目を引く。胸元のレースには飛び立つ鳥の刺繍《ししゅう》がされていた。

プリンセスシルエットのドレスで、うしろにいくほどスカートは長くなっており、まるで花弁のように薄い布が幾重《いくえ》にも広がっていた。

ドレスからすらりとのびる白い腕には胸元とおそろいのレースの手袋。

綺麗《きれい》にまとめられた髪には揺れる髪飾りがあった。その先端にも小さな鳥のモチーフ。

「これはまた……」

直樹は口元を押さえたまま絶句してしまっていた。

感想を求められているのはわかるが、いい言葉が思いつかない。

「へ、へんですか」

固まる直樹に、麻衣子は不安げな声を出す。

直樹はしばらく黙った後、額《ひたい》を押さえ、息を吐き出した。

「きっと俺は、今世界で一番幸せな男ですね」

直樹は麻衣子の頬を撫《な》でる。

「綺麗《きれい》ですよ、麻衣子さん。本当にもう、誰にも見せたくないぐらい」

◆　◇　◆

参列者の中に彼女たちはいた。

モデルのようなスタイルを際立たせるぴっちりとしたドレスを着ているのは玲奈《れな》。

はじけんばかりの胸元を強調するようなドレスを着ているのが澪《みお》だ。

二人はチャペルの一番うしろの椅子に座りながら、その時を待っていた。

「まさか、呼んでもらえるなんて思わなかったわねー」

「確かに！　肝が据わりすぎてて、逆にびっくり」

彼女たちの声は大きく、式場特有の厳《おごそ》かな雰囲気を壊すようだった。

周りから非難の目を向けられても我関せずといった感じで、二人は仲良く話に夢中になっていた。

「でも良いじゃない。貧乏ドレス見放題よ」

「結婚式のドレス手作りとか絶対にやばいわよね」

「こういうことを意気揚々《いきようよう》として失敗するのって恥《は》ずかしいー」

「これじゃ、式場が可哀想よね」

もう彼女たちの頭には、直樹に好かれようという思考はないようだった。その証拠に、十字架《じゅうじか》の前で麻衣子を待つ彼に届いても構わないというほどの声量を出している。

今は直樹に好かれることよりも、憧《あこが》れの彼を掠《かす》め盗った麻衣子に対する嫉妬《しっと》のほうが強く、なんとか彼女を貶《おとし》めんとすることに頭を働かせているようだった。

「それでは、新婦のご入場です」

司会進行を務める女性の声で、式場の扉が開く。

鳴り響いたパイプオルガンの音に、さすがの二人も声を潜《ひそ》めた。

しかし、嫌みはいまだに健在である。

「お。来た、来た」

「どんな格好で……」

その瞬間、二人の目は麻衣子に釘付けになった。

それは着る人の魅せ方を知っているドレスだった。

麻衣子の低い身長を可愛らしく際立たせ、女神というよりは妖精といった感じの可愛らしさを彼女に与えている。長い裾《すそ》は広がり、神秘的だ。垂れ下がるほどの大きなブーケのリボンが小柄な身体によく似合っていた。

元のルックスだけなら、玲奈と澪のほうが断然いいだろう。しかし、その場で一番輝いていたのはやっぱり麻衣子だった。

「ありゃプロだわ……」

思わず玲奈は呟いた。

隣の澪も同じような顔で頷いている。

「私、自分の結婚式の時、彼女にドレス頼もうかしら」

「私も」

◆◇◆

結婚式も、その後の披露宴も滞《とどこお》りなく行《おこな》われた。

参列者は皆、麻衣子たちを祝福し、結花は最後ボロボロに泣いていたりもしていた。

互いの両親もすごく喜んでくれて、とてもいい、思い出に残る結婚式になった。


その後——

二人は式場が提携しているホテルにいた。

式を挙げた二人には、そこのスイートルームが一泊プレゼントされるという特典があったのだ。

麻衣子は二次会で使ったドレスを脱ぎ、シャワーを浴びて、ガウンを着たまま直樹を待っていた。

この後の展開は、さすがの麻衣子でもわかっている。

あのお腹をすかせたオオカミにぺろりと食べられてしまうのだ。

自《みずか》らお預けをして、今日という日を待ちに待っていた男は、いまシャワーを浴びている最中だった。

激しい雨音のような、水滴がタイルを弾《はじ》く音が心臓に悪い。

待っているだけなのに壊れてしまいそうなほどに、心臓は身体を内側から叩いていた。

（だ、大丈夫！　あそこまでした仲だし!!　でも、久しぶりだから……）

麻衣子と直樹はあの同窓会の日以来、身体を重ねていなかった。

彼女がドレス作りに忙しかったというのもあるし、直樹もこれ以上してしまうと歯止めが利かなくなるというのがあったのだろう。

なので、二人がそういう雰囲気になるのは本当に久々だった。

「麻衣子さん」

「ひゃいっ！」

体が跳ねた。シャワーの音はもう鳴りやんでいる。

髪の毛を拭きながら直樹が脱衣所から出てきた。

おそろいのガウンがなんだかこそばゆい。

直樹はベッドのふちに座る麻衣子の頬に、冷蔵庫から出したばかりの冷えたミネラルウォーターを当てた。

「――っ！」

「シャワーから上がった後、ちゃんと飲み物はのみましたか?」

「あ、まだでした。……ありがとうございます」

いきなり襲われるのも覚悟していた麻衣子は、その気づかいにほっと胸を撫《な》でおろした。

麻衣子は受け取った水を一口飲む。

「きちんと飲んでおいてくださいね。これから、しばらくは休ませてあげられませんし」

「……え?」

麻衣子の身体は固まる。

水を飲んでおけという言葉にそこまで深い意味があるとは思っていなかった。

「理性を総動員して、ここまで待ったんです。もうそろそろご褒美《ほうび》をもらってもいいでしょう?」

「あの……」

「まさか覚悟してないだなんて言わせませんよ? まぁ、言ってももう待てませんが」

直樹は麻衣子からペットボトルを受け取るとサイドテーブルに置く。

そして、呆《ほう》ける麻衣子を押し倒した。

深く沈んだ身体を直樹がさらに押し付ける。

「麻衣子さん、愛していますよ」

その言葉になぜか涙が滲《にじ》んだ。
「私も愛してますよ。直樹さん」
直樹は愛おしそうな顔で笑い、優しく唇を落としてきた。
我慢していたというだけあって、彼は性急に麻衣子を求めてきた。
いつもの冷静な彼とは違い、その顔には余裕がないように見える。
それは、餌《えさ》を目の前にした獰猛な肉食獣のようだった。
あっという間にガウンははぎ取られ、下着は脱がされる。
一糸まとわぬ姿になった麻衣子は、恥《は》ずかしがる暇もなくぎゅっと抱きしめられた。
隔《へだ》てる物がない互いの身体は、まるで溶け合っているかのようだった。
自分の身体が熱いのか、相手の身体が熱いのか、それさえもわからなくなってくる。
「麻衣子さん」
甘く囁《ささや》きながら彼は唇を落としてくる。
それを自分の唇で受け止めて、麻衣子もまた彼の名を呼んだ。
「直樹さん」
鼻先が触れあって、笑みが零れる。
彼の手のひらは麻衣子の身体のラインをなぞり、胸にたどり着いた。

まだ刺激を受けていない頂《いただき》は盛り上がっていない。

直樹は身体をずらし、麻衣子の胸に顔をうずめる。そのまま吸い付くのかと思ったのだが、彼は歯で先端があるだろう場所を噛んだ。

「――っ！」

突然のことに麻衣子は声にならない悲鳴を上げた。思わず、身体が反る。

直樹は麻衣子の胸についた歯型に舌を這《は》わせながら、どこか恍惚とした表情を浮かべていた。

「男性が女性を犯すことを『食べる』なんて表現しますが、そう表現したくなる気持ちが、今日ようやくわかった気がします」

「え？」

「食べたいぐらい、愛おしい。一つになりたい。俺は今、そういう気分です」

麻衣子を見つめる直樹の目は少し怖い。優しく細められてはいるが、その奥には隠し切れない熱を感じる。

直樹は麻衣子の胸を優しく撫《な》でた。

「でも、痛かったですよね。すみません」

「いえ……」

「でも、身体のほうは喜んでいるみたいで良かったです」

「え?」

「ほら、見てください」

麻衣子は直樹の指さすほうを見た。

すると、そこには立ち上がりつつある赤い実があった。

「こんなに早く立ち上がるなんて。もしかして、自分で触ったりしました?」

「さ、触ってないです!」

「そうなんですか? こっちも潤《うる》んできているので、一人で練習したのかと思いました」

そう言って彼が触れたのは、麻衣子の中心だった。

彼の中指は彼女の入り口をまさぐっている。

「えっ、なんで……」

「なんででしょうね」

触れられればさすがにわかる。そこは明らかに濡れそぼっていた。

溢《あふ》れた蜜がお尻のほうまで伝っている。

「一人でしてもないのに、初めてでこれだけ濡れるってことは、麻衣子さんの身体は存外エッチなんですね」

そんなふうに辱《はずかし》められて、麻衣子の全身は熱くなった。

直樹は胸の先端を吸いながら、容赦《ようしゃ》なく指を差し込んできた。

まだ狭い割れ目を押し広げながら、彼は進む。

「あぁぁ……」

入ってくる指の感触に、麻衣子はのどをさらした。

直樹は中指を最後まで挿れると、ゆっくりと出し入れを始める。

時には中で指を折られ、弱いところを探るようにまさぐられた。

「ちょ、や、やだ、なおきさ……んんっ……」

「言っておきますが、今日はいくら嫌だと言っても待てませんからね」

「で、でも、なんか、やぁあぁっ！」

指が二本に増やされる。倍に広がった割れ目に、身体が裂けてしまうかと思った。

「まだ狭いですね。早く一つになりたいのに、これじゃまだ挿れられませんね」

「ん、んん、んぁ、あんっ」

「君のこんな艶《なま》めかしい姿を見せられて、それでも君の中に入れないなんて。ホント、生殺しにもほどがありますよ」

直樹の声もどこか苦しそうだった。

彼は少し乱暴な手つきで、麻衣子の中を掻き混ぜる。

水気を含んだいやらしい音が室内に広がる。

「あ、あぁ、んぁあぁ、あぁあぁ――」

だんだん、視界が白んでいく。

先ほどまで痛かった入り口は、もう柔《やわ》らかく直樹の指をくわえこんでいた。それと同時に押し寄せる快感も強くなっている。

頭はじんじんとしびれて、呼吸も荒い。

麻衣子は落ちそうになる意識の中で、直樹の身体に必死になって抱き着いた。

「なおきさ……も……なんか――」

「一度イっておきましょうか。そうすれば身体の力ももう少し抜けるでしょうし」

そういうや否《いな》や、抽挿《ちゅうそう》は激しくなった。

気がつけば指は三本に増やされ、麻衣子の蜜をこれでもかと掻き出している。

「あぁあぁぁ――!!」

麻衣子の身体が硬直すると同時に、直樹の指がいいところを刺激する。

「んん――っ!!」

中に入っている指をこれでもかと締め付けて、麻衣子は達した。

麻衣子は全身で息をしていた。

まるで何キロもの距離を全力疾走をした後のような疲弊の仕方だ。

全身に汗が浮き、呼吸も荒い。口の端からは唾液《だえき》が垂れていた。

直樹はそんな麻衣子をじっと見つめていた。彼の中心にはもう太いものが猛《たけ》っている。

「も、さすがに限界です」

そういうや否《いな》や、彼は麻衣子の脚を持ち上げ、大きく開いた。

この上なく恥《は》ずかしい格好なのに、麻衣子は少しも抵抗できない。

入り口に彼の切っ先があてがわれる。

その熱さにまた蜜が溢《あふ》れて彼の先端を濡らした。

「すみません。十分にほぐしましたが、きっと痛いと思います」

そう言われた直後、身体が裂けるかのような痛みが襲ってきた。

「あぁぁあぁっ！」

「痛い、ですよね……」

申し訳なさそうな直樹の声も苦しそうだ。きっと、狭いのだろう。

「でも、もう止まれないんです」

ぐ、ぐ、と、なかば強引に。それでもゆっくりと彼は押し入ってくる。

初めての圧迫に、麻衣子は息を止めた。

苦しくて、熱くて、痛くて、辛かった。

なのに、身体の奥は彼を求めて何度も切なく疼《うず》くのだ。

「い、たぁ――」

「すみません。もうすこし……ですから……」

下腹部が彼のモノの形に膨らむ。

そうして、数分かけて二人の身体はぴったりと重なった。

「全部、入りましたよ」

「ぜん、ぶ？」

ジンジンと痛む入り口を見る。すると、彼女の穴は彼のモノでぴったりと塞《ふさ》がれていた。

「初めてなので最初は気持ち良くないと思います。すみませんが付き合ってください」

直樹の申し訳なさそうな声に、麻衣子は首を縦に振った。

「確かに、痛いですけど。でも、それ以上に幸せなので、大丈夫です」

「麻衣子さん」

「やっと、直樹さんとつながれたんだと思ったら、私も、嬉しく――」

言葉の途中で直樹のモノが引き抜かれる。そして、ふたたび深く麻衣子の中を抉ってきた。

「あぁぁあぁ――っ！」

「なんで、そんな、可愛いこと、ばかり、いうん、ですか！」

何度も何度も太いもので貫かれ、麻衣子は声を嗄《か》らしながら喘《あえ》いだ。

「こんなにも君を抱きたかった俺に、その言葉はただの毒ですよ」

「だってぇ――」

「待っててください。すぐに慣らしてあげます。……一緒に気持ち良くなりましょう」

彼はそう言いながら、麻衣子のいいところを重点的に擦り上げてくる。

その抗《あらが》いがたい快楽に、彼女はシーツをぎゅっと握りしめた。

「やだ！　まって！　またイっちゃ――」

「いいですよ。いくらでもイってください。君が気持ち良くなるなら俺も嬉しいですから」

「あ、あぁあ、あ、あぁっ！」

麻衣子はふたたび絶頂を迎えそうになる。

しかし、それを彼女は彼から身を引くことで耐えた。

「まって、ください」

「いやです。待てません」

麻衣子がとった距離を直樹はすぐさま詰めてくる。

少し離れた二人の身体がまたぴったりと重なった。

「――ぁ」

「こんなに待ったんです。もうここまで来たら最後までします」

「最後までは、しても、いいんですけど……」

「けど？」

「一緒に、イきたいんです」

麻衣子の甘えたような声に、中に入っている直樹の猛《たけ》りが一回り大きくなったような気がした。

「んんっ」

直樹はふたたび抽挿《ちゅうそう》を始める。

「わかりました。一緒にいきましょう、麻衣子さん」

「はい」

麻衣子が頷いた瞬間、今までにないスピードで抽挿《ちゅうそう》が始まり、彼の熱い飛沫が最奥に解き放たれた。

第六章　初めてのクリスマス

結婚式から一か月後――

「麻衣子さん、揚げ物は俺がしますよ。油が撥《は》ねてもいけませんからね」

「あ、本当ですか？　じゃぁ、私は野菜を切っていますね！」

「あ。それも、俺がやりますよ。包丁で指でも切ったら大変ですからね」

「……じゃぁ、洗い物を……」

「濡れて風邪引いてもいけませんから、それも俺が……」

「もうっ！　直樹さんは心配しすぎです!!」

その日も旦那様の心配症は絶好調だった。

入籍してから、ちょうど五か月。

季節はめぐり、十二月になっていた。もう年の瀬も迫ってきている。

二人は仲良くキッチンに立ち、クリスマスパーティーに持って行く料理の試作をしていた。というのも、今年は香川の提案でスキー場のロッジを貸し切り、みんなでクリスマスパーティーをしようという話になったのだ。

しかも、泊まりがけの予定である。

メンバーは高坂夫婦と香川、結花と結婚式の受付をしてくれた友人二人に、直樹の会社の同僚が二人。計八人のパーティーだ。

最初、直樹は香川の提案に難色を示していた。

しかし、香川がどうしてもと言うのと、麻衣子が「いいじゃないですか。面白そう！」というので、参加することになったのだ。

いつだって彼は麻衣子に甘い。

後から聞いた話なのだが、実は、香川は二人の結婚式で麻衣子の友人である結花のことが少し気になってしまったらしく、なんとかお近づきになれないかと、今回のクリスマスパーティーを企画したらしい。

また、結花のほうも夫の浮気により、先々月、離婚をしていた。

浮気には薄々気づいていたらしく、あからさまに落ち込んではいないのだが、イベント好きの彼女のために今回の提案に乗ったという意味合いも強かった。

(確かに、結花ちゃんのテンションと香川さんのテンションって合いそうなんだよなー)

麻衣子はミニトマトを盛り付けながらそんなふうに思った。

テンションが合うから相性が良いという訳ではないのだろうけれど、まったく合わないよりはずっと良いだろう。

「そもそも、雪山なんかに行きたくないんですよね」

「なんでですか？　ウィンタースポーツが苦手とか、ですか？」

「いいえ。ああいう類のものは、一通りできます」

どちらかといえばインドア派に見える直樹だが、スポーツもできるらしい。

そういえば、毎晩ベッドで見ている彼の裸は程よく引き締まっていた。

「じゃぁ、なんで行きたくないんですか？」

「雪山には危険がいっぱいだからですよ」

「危険？　あぁ、よくウィンタースポーツをしている人同士で接触事故が起こるって聞きますもんね」

「もちろん、そういう事故も危険ですね。あとは、雪崩《なだれ》、遭難、滑落、早く冬眠から目覚めてしまった熊」

「熊？」

雪崩《なだれ》ぐらいは想定していたが、熊までは考えていなかった。

確かにあり得ないわけではないのだろうが、あんなに人間がたくさんいるところにわざわざ野生の動物が出てくるものなのだろうか。

直樹は思案顔で続ける。

「そういったことに対処するための装備を今から考えているんですが、どうにも荷物が多くなりすぎてしまって、車に載りそうにないんですよね」

「二人でそれは大荷物過ぎません？」

直樹の車はそれなりに大きなセダンタイプだ。

あれに入らないとなると、問題があるのは荷物の量だ。

「なので、レンタカーで四輪駆動のＳＵＶか、キャンピングカーを借りようと思ってるんですが、どうでしょうか？」

「いや、荷物のほうを減らしましょう。私も手伝うんで」

そのまま一時間ほど料理を作り、ようやく終わりが見え始めてきた。

パーティー用の料理の試作ということで、いつもより時間がかかってしまったが、なかなかに美味《おい》しそうなでき栄えだ。

「まったく、料理なんて持ち寄らなくても、全部頼めば良いものを……」

ぶつくさとそう言いながらも彼の手元の料理は完璧に仕上げられていく。

麻衣子も手先が器用なので料理は得意だが、直樹も負けず劣らずといった手際の良さだ。

ただその性格ゆえに、本に書いてある分量と手順をきっちりと守り、正確に作るため、手際は良いが早いとは言いがたかった。

「まぁまぁ、こういうのもパーティーの楽しみの一つなんじゃないですか？」

「そういうもんですか」

「そういうものです。多分」

しかめっ面な直樹の隣で麻衣子は機嫌が良さそうだった。

「だって、ほら。こういう時間って楽しくないですか？　一緒に何持って行くか考えて、試作して……」

「特に」

「えー」

麻衣子は非難めいた声を上げる。

料理を作り終えた直樹は片付けをしながら、さもあたりまえのようにこう宣《のたま》った。

「そもそも麻衣子さんと一緒にいて、楽しくない日というのがあるわけないじゃないですか。だから今、普段よりすごく楽しいかと聞かれると首をひねるしかないわけで……」

「おぉ……」

「どうかしましたか？」

「いや、ちょっと照れちゃいまして……」

麻衣子ははにかみながら頭を掻いた。

こうも直接的に言われると照れるものがある。

あれから直樹は素直に想いを口にするようになったが、これにはいつまで経っても慣れなかった。

直樹は片付けを終えると、麻衣子をぎゅっと抱きしめる。

「こんなことをしている時より、俺は麻衣子さんといろいろしている時のほうが楽し――」

麻衣子は今にも落ちてきそうな直樹の口元を両手で覆《おお》った。

この流れだとキスから、その先にまで発展しそうだからである。

「直樹さん、そういうのは後で！　私、お腹すいてるんです！」

できあがった試作を昼食にと考えていたので、二人はまだ食べていなかった。のんびり作っていたので、もう十三時過ぎである。このままベッドに連れ込まれたら、途中で絶対にお腹が鳴ってしまう。

できればそんな格好がつかないことはしたくなかった。

「確かにそうですね。じゃ、昼食にしましょうか」

意外にも直樹はすんなりと麻衣子を離し、できあがった料理をテーブルへと運んでいく。麻衣子も取り皿を用意した。メニューはゆで卵の入ったミートローフにポテトとミートソースのパイ、アスパラとパプリカの入ったロールチキンだ。

肉料理ばかりなのは、持ち寄る料理それぞれに担当が決まっていて、二人の担当が肉料理だったからに他ならない。

このままでは栄養が偏るからと、ちゃんとサラダも作っておいた。

「これ、今日の夜どころか、明日の昼分までありそうですよね」

「そうですね。まぁ、明日の料理を作る時間が省けて良いじゃないですか。その分自由に使える時間が増えますし」

食卓の準備を終えた二人はそれぞれの席に着く。

「ということで、後からいっぱい楽しみましょうね」

「へ？」

「後からなら良いんですよね？」

にやりと口元を歪ませながらそう言われ、頬が熱くなる。

麻衣子は取り分けたロールチキンの皿を直樹に渡しながら、視線をそらした。

「……勝手にどうぞ」

「はい。では、勝手にしますね」

上機嫌でそういう直樹に、後で美味《おい》しくいただかれたのは言うまでもなかった。

◆◇◆

それは、結花との会話がきっかけだった。

「麻衣子って、最近肌つやつやしてるわよねー」

「へ？」

結花がそう言ったのは、いつも打ち合わせに使っているカフェでのことだった。

足下には先ほど買ったクラッカーや紙吹雪、紙皿やフォークなどが入った袋が置いてある。

その日、二人は香川主催のクリスマスパーティーに必要なものを買いに、街に出てきていた。と言っても、ほとんどの準備は男性陣がしており、二人が頼まれたのは紙コップや紙皿などの細々《こまごま》とした買い物だけだ。

最近は百円均一でも可愛いものが取りそろえられているので選ぶのは楽しく、二人してきゃっきゃと選んでいたら、結構な時間を使ってしまった。

なので今は、昼食を兼ねたお茶タイムなのである。

この後、買った物たちは結花の手から香川に渡される予定になっている。

本当なら麻衣子から直樹、直樹から香川に渡せば良いだけなのだが、結花のことが気になって仕方がない香川は、その選択肢をとらなかった。

もしかしたらその後、結花をお茶に誘おうとでも思っているのかもしれない。

そんな香川の企みを知らない結花は、呆《ほう》ける麻衣子の頬を撫《な》でながら感慨深げに息を吐く。

「いやー。結婚式前の酷かったあの時期知ってるから余計にね。ホント元気になって良かったわー」

「私、そんなに酷かった？」

「うん。もー肌の色が最悪だったし、ニキビもできてたでしょ？　クマとかも相当だったし、なによりやつれてたし！」

結花の言う酷かった時期というのは、結婚式前のスランプに陥《おちい》っていた時のことだ。

自分ではスランプを脱するのに必死になりすぎていて、そこまで酷かったとは思わなかったのだが、他人が見るとどうも違うらしい。

「そうかなぁ」

麻衣子もつられるように自分の頬を撫《な》でた。

確かに、あの時よりはちゃんと寝るようになったし、食事もとるようになった。というか、食事や睡眠を忘れて作業をしていると、直樹が無理矢理食卓やベッドに麻衣子を運んでいってしまう。

「それになんだか、胸のほうも少し大きくなった気がするし」

頬を撫《な》でていた結花の手が麻衣子の胸をつん、と触る。

「ひゃっ！　ちょ、ちょっと、結花ちゃん⁉」

「いいじゃないの。減るもんじゃないし！」

「減る！　私の精神がすり減っちゃう‼」

麻衣子はつんつんと触ってくる結花から守るように胸を隠した。そして、見下ろす。

そこには大きくはないがそれなりに膨らんだ二つの双丘がある。

（確かに、ちょっと大きくなった気が……というか）

麻衣子は自分の胸を触った後、ふに、と腹の肉を摘まむ。

（もしかして、太った？）

さぁ、と血の気が引く。

そういえば最近、体重計に乗っていなかった。

最後に乗った記憶が、一年ほど前である。

麻衣子は焦って身を乗り出した。

「ねぇ、結花ちゃん！　私ちょっと太ったかな？」

「え？　そうねぇ……少し？　でも、結婚式前のスランプであれだけ痩せたんだから、戻ったぐらいじゃない？　別に気にならないけど」

「でも、なんかやばい気がする……」

一度気になり始めたら、いろんなところが目についてくる。

二の腕も、頬も、ふくらはぎも、一年前よりふっくらとしているように見える。

麻衣子はもう一度、腹の肉をふに、と掴《つか》んだ。

「ダイエット、しようかな……」

「気にすることないわよー。別に服が入らなくなったとか、直樹さんが気にしてるとかじゃないんでしょ？」

「……そうだけど」

ふにふに。

（……やっぱり太った気がする）

麻衣子の脳裏に蘇《よみがえ》ってきたのは、玲奈と澪の姿だ。

一時期はいろいろあった二人だが、今は親しいとまではいかないものの、険悪な雰囲気はなくなりつつある。というのも、澪がモーリスの大ファンだったことが、結婚式後の二次会で明らかになったのだ。

玲奈もモーリスの作品は知っていたらしく、それ以来二人は麻衣子になにも言ってこなくなった。

一応、認めてくれたということだろう。

玲奈と澪は、人を惹《ひ》きつける容姿をもっている。

澪の胸はたわわで締まるところは引き締まっているし、玲奈は高身長でモデルのような手足の長さだ。

それに正面に座っている結花も、それなりにバランスの取れた体つきをしている。

彼女たちまでいかなくても、せめて体重ぐらいはキープしておきたいというのが乙女心だ。

（それに、直樹さんに愛想を尽かされたくないし！）

麻衣子はその後食べる予定だったデザートをぐっと我慢して、新たな決意を胸に家路につくのだった。

麻衣子の様子がまたおかしくなった。

直樹がそう感じたのは、夕食時だった。

いつもより少なくご飯を盛った彼女は、その半分も食べることなく茶碗にラップをかけた。

◆◇◆

おかずも残してしまっている。

「今日はそれだけなんですか？」

前のようになにかあったのかと心配になった直樹は、そう問いかけた。

しかし、以前のような陰鬱《いんうつ》な顔ではなく、彼女は笑顔でこう答えた。

「はい！　今日からちょっとダイエット始めようと思いまして！」

ぐっと拳《こぶし》を作って決意を見せる彼女に、直樹は目をすがめた。

「ダイエットなんて、必要ないですよ。麻衣子さんはそのままでも――」

「ストーップ！」

口を押さえられ、強制的に黙らされる。

麻衣子は口を尖《とが》らせながら、少し怒ったような声を出した。

「今、甘い言葉はダメですよ！　私は決めたんです！　このふにふにとした肉体をスリムボディにするんです！」

そのままで良い。

むしろ、もう少し肉がつくぐらいがちょうど良いと思っていた直樹は、その言葉に息をついた。

しかし、こうなった麻衣子は誰にも止められない。

おっとりとしているように見えて、その実、結構頑固なところがあるのが彼女なのだ。

「私、頑張ります！」

「まぁ、ほどほどにしてくださいね」

またいろいろ心配する羽目になりそうだと思いながらも、そんな彼女といることが楽しくてたまらないと感じてしまう直樹だった。

◆◇◆

そうして、なんだかんだと迎えたクリスマスパーティー当日。

八人は、山間部にあるスキー場で現地集合した。麻衣子にとって女性陣はみんな友人だが、男性陣のほうは二名ほど見たことがない顔があった。

香川が音頭をとり、それぞれに自己紹介をする。

女性陣から始まり、次に男性陣。

知らない顔は、片方が飯田《いいだ》、もう片方が塚本《つかもと》という名で、どちらも優しそうな人だった。

それから、夕方までゲレンデで滑ることになったのだが……

「きゃぁあぁ！」

麻衣子はスノーボードの板を足につけたまま派手にすっころんだ。

ほとんど平地なので顔面をぶつけただけですんだのだが、それにしても鼻の頭が痛くてじんじんした。

これは相当赤くなっているだろう。

「大丈夫ですか⁉　麻衣子さん」

「麻衣子、大丈夫？」

麻衣子にスノーボードを教えていた直樹が駆け寄り、ちょうど下りてきた結花も心配そうに声をかけに来た。

麻衣子は座り込み、鼻の頭を撫《な》でる。

「へへへ……大丈夫。多分」

麻衣子は運動神経が良いほうではない。

学生時代、五十メートル走はずっと十秒台だったし、球技ではあらぬ方向にボールを飛ばして、いつもみんなの邪魔になっていたし、水泳ではいつも沈んでいた。

そんな彼女が初めてチャレンジしたスノーボードをすんなり滑れるようになるはずもなく、まず立つだけでこの有様だった。

直樹が丁寧に教えてくれるが、その甲斐もなく、上達する気配は一向にない。

「結花ちゃん！」

香川が手を振りながら結花の名を呼ぶ。

いつの間にそんなに仲良くなったのだろうか。香川の顔面には、もしかしてもう付き合ってるんじゃないか、というぐらいの親しさが貼り付いていた。

「結花ちゃん、心配させてごめんね。私は大丈夫だから、香川さんのところ行ってあげて」

「香川さんなんかより、麻衣子のほうが大切よ！　……まぁ、でも。夫婦水入らずのところに私が邪魔したらダメか」

そう言うと、彼女は手早く片方の足をボードから外し、ひょこひょこと香川のほうへ歩いて行く。

結花はまだ香川の気持ちに気がついていないようだが、ああして一緒に滑っているあたり、印象が悪いというわけでもないのだろう。

香川も良い人そうなので、良い形に収まってくれればと願わずにはいられない。

そうして背中を見ていると、直樹が心配そうな顔で麻衣子を覗《のぞ》き込んできた。

「麻衣子さん、無理していませんか？　あれなら、パーティーまでロッジで休んでても良いんですよ」

「いやぁ。それじゃ、みんなに気を遣わせてしまうので……」

麻衣子が一人でロッジに待っていれば、みんなは気にしてしまうだろう。

特に結花なんて「私もロッジで麻衣子と一緒にいる！」なんて言い出しかねない。

そうなれば、このパーティーを企画した香川にも申し訳が立たない。

それになんだか、こんなところまで来て一人は寂しいものがあった。

「直樹さんもすみません。私に付き合ってもらっちゃって……」

「俺は別に良いんですが、それよりも先ほど転《こ》けた時に怪我しませんでした？」

「大丈夫です」

今痛むのは鼻の頭だけだ。それ以外は特にことといって痛いところはない。

身体が温まっていて痛みを感じにくくなっているのかもしれないが、彼が懸念するような怪我はしていないだろう。

「このまま続けるのは良いですが、本当に怪我とかには気をつけてくださいね」

「わかってますよ。来月、新婚旅行ですもんね」

直樹がここまで怪我を心配するのには理由があった。

二人は来月新婚旅行を控えているのだ。

本当は結婚式が終わってからすぐにでも発《た》ちたかったのだが、直樹の仕事の都合がうまくつかず、来月の出発となった。

新婚旅行の行き先は定番のハワイにした。

一月のハワイは雨季で海に入るには少し厳しい気温だが、今回の目玉はホエールウォッチングなので、そのあたりは気にしていない。

むしろ、この時期でないとホエールウォッチングはできないのだ。

「新婚旅行が待っていなくても、怪我をしてほしくないのは変わりませんが。怪我をすると旅行が楽しめませんからね」

直樹は麻衣子の髪についた雪を払う。

「ですから、いつも以上に気をつけてください。俺も楽しみにしてるんですから」

「はい！」

優しい声色に、麻衣子も笑顔で答えた。

「なので、そろそろ無理なダイエットはやめていただきたいんですが」

「むっ？」

直樹は突然、麻衣子の鼻を摘まむ。

「今日、朝も抜いていたでしょう？　無理しないようなら見守っておくつもりでしたが、もう限界です。身体に力が入らないのも、朝ご飯食べてないからですよ」

「そんな大げさな。これは単なる運動不足ですって」

「だとしても、もう反対です。そもそも、朝食を抜くと血糖値が上昇し、かえって太りやすくなると言われていますし、集中力や作業効率も低下するらしいですよ。生活習慣病のリスクも――」

「わ、わかりました！　朝食は食べます！」

「昼食も夕食も適切な量は食べてくださいね。昨晩もほとんど食べていませんし、そのうち本当に倒れますよ？」

また心配症が発動したのだろう、怒ったような直樹の顔がぐっと近づく。

麻衣子は苦笑いを零した。

「わかりました。ほどほどにします」

「本当ですね？」

「はい。直樹さんを心配させたいわけじゃないので」

いつまでも雪の上に座っていたためか、お尻が冷たくなってくる。

麻衣子はスノーボードの板を外し、立ち上がった。

その時だ――

「あ――……」

立ち上がった瞬間、視界が真っ黒になる。

立ち眩《くら》みだ。

そう思った時にはもう、麻衣子の意識は深い闇の中に溶け込んでしまっていた。

◆　◇　◆

「無理なダイエットによる貧血。だ、そうです」

「すみません」

スキー場にある医務室のベッドで麻衣子はうなだれていた。

医務室には直樹と結花、それと香川がいる。

一番近くに腰かける直樹の機嫌は、それはもう最悪だった。

眉間には皺《しわ》を寄せ、頭の上空には黒い影を作っている。

いつも麻衣子を優しく見下ろしてくれる目は、今は恐怖を感じてしまうほどに吊り上がっていた。

「だから言ったじゃないですか！」

「本当にごめんなさい」

腕を組みながら睨《にら》みつけてくる直樹に、麻衣子は再度頭を下げた。

これぱっかりは麻衣子が悪い。弁解のしようもなかった。

「俺がどれだけ心配したと思ってるんですか⁉　今度、朝食を抜くなんてことをした日には、家から出しませんからね。俺も会社を休んで見守りますから、そのつもりで」

「はい。肝《きも》に銘《めい》じます」

「今回ばかりは直樹さんの言う通りよ。麻衣子が倒れてから、直樹さん本当にめちゃくちゃ心配してくれてたんだから」

いつもは味方なはずの結花にもそう言われて、麻衣子は若干泣きそうになった。

完全に自業自得だが、四面楚歌《しめんそか》というやつだった。

「高坂は心配してたというより、取り乱してたって感じだったけどな。こんなゲレンデのど真ん中に救急車呼ぼうとするし」

「香川！」

「さすがにここには救急車無理だろう、来れても遅くなるか下のロッジまでなんじゃないか。って言ったんだけどな。そしたら『それならヘリは無理なんですか？』って。いや、貧血で倒れただけなのに、ヘリはないよなぁ？」

その時のことを思い出したのか、香川は噴き出すように笑い始める。

恥《は》ずかしかったのか、直樹は目を怒《いか》らせながら声を上げた。

「あの時は慌てていて、冷静な判断ができなかったんです！」

「にしても、あれはないわ！」

また笑う。

そんな二人のやり取りに水を差したのは結花だった。

「え？　でも、そこまで心配してくれる旦那って素敵じゃない！　少なくとも女性の憧《あこが》れではあるわよ。ね、麻衣子？」

「う、うん。心配させて悪いなぁとは思うけど、心配してくれたこと自体は嬉しいかな」

「そっか！　うん。俺もそう思うよ」

さわやかな笑顔で態度を一変させる香川である。

それを見て、結花は「無理に話を合わせなくてもいいのに」と楽しそうに笑っていた。

本当にこの二人、良い仲になるかもしれない。

麻衣子は二人のやり取りを見て、そんなふうに思ってしまった。

「そうそう。麻衣子、今日はもうロッジで休んでたら？　これ以上、無理してもしょうがないでしょ？」

「うん、そうしようかな」

結花の提案に、麻衣子は素直に頷いた。

おそらくここで「もう少し滑ってから……」と言っても、きっと直樹に無理やりロッジに連れていかれることになるだろう。それならば、自分で行ったほうがいい。

香川は直樹のほうを見る。

「お前は？」

「もちろん、麻衣子さんと一緒にいるつもりですよ」

「それじゃ、麻衣子が起きたって私、みんなに知らせてくるね。結構、みんな心配してたからさ」

「うん。ごめんね」

結花は駆け足で医務室から出ていく。

香川も、その背を追うように二人に背を向けた。

「あ、そうそう！」

しかし、すぐに振り返る。

そして、にやにやとした笑みを見せた。

「あと三時間は戻らないつもりだから、ロッジでイチャイチャしててもいいからな！」

「へ？」

「布団は、お前らの分しか汚すなよ！」

じゃあな、と手を振って香川は出ていく。

その背を、直樹は汚物を見るような目で見送っていた。

「ま、香川の言っていたことは置いておいて。いつまでもここにいてもしょうがないですし、俺たちも行きましょうか」

「はい」

麻衣子はベッドから下りる。

靴を履いた瞬間、足に妙な違和感があった。

（なんか、ちょっと……ズキッて……）

恐る恐る立ち上がる。しかし、次の瞬間――

「――っ！」

足から全身に駆けめぐった電流に、麻衣子はその場に座り込んでしまった。

「麻衣子さん!?」

直樹は慌てて麻衣子を助け起こす。

「大丈夫ですか？　どうかしましたか？」

「……直樹さん」

「はい」

「ごめんなさい。足、すごく痛い」

涙目でそう訴えた瞬間、直樹の眉間にまた皺《しわ》が寄った。

その夜。クリスマスパーティーは予定通り執《と》り行《おこな》われた……のだが、麻衣子の状況だけが、予定通りとはいかなかった。

左足にテーピングを巻いた彼女は、直樹の膝の上で頬を染めながら苦笑している。

医者の話だと、麻衣子は全治二週間の捻挫《ねんざ》らしい。

転んだ時に変な倒れ方をしたのだろうと、彼は言っていた。

「麻衣子さん。これ美味《おい》しいですよ？　一口どうぞ」

「直樹さん。私が怪我しているのは足なので、自分で食べれますよ」

「ダメです。今日は安静にしておきなさいと医者にも言われたでしょう？」

「おそらく食事ぐらいは自分でしていい程度の安静だと思います」

「だとしてもダメです。ほら、口あけてください」

恥《は》ずかしがりながら口を開けると、直樹がスプーンにのった料理を口に運んでくれる。

気分は親鳥から餌《えさ》をもらう雛《ひな》のようだ。

咀嚼《そしゃく》して、呑み込む。

美味《おい》しい。確かに美味《おい》しいが、今は美味《おい》しさよりも恥《は》ずかしさのほうが勝《まさ》っていた。

「あーぁ、熱いねぇ」

ビール片手に、香川がこちらにやってくる。

その後ろには、ここで初めて出会った飯田と塚本がいた。

二人とも直樹の姿に、目を白黒させている。

香川は飯田と塚本を振り返った。

「高坂、奥さんの前ではこんな感じなんだよ。面白れぇだろ？」

「まさか、あの鬼の高坂さんが？」

「嘘だろ……」

二人は囁《ささや》きあいながら、何度も高坂をチラチラ見ていた。

よほど会社では様子が違うらしい。

家での甘い彼しか知らない麻衣子は首を捻《ひね》った。

「直樹さん。会社で『鬼の高坂』とか呼ばれてるんですか？」

「まぁ、そうですね。一部の人はそう呼んでいるみたいです。面と向かって呼んでくる人はさすがにいませんが」

「会社で高坂は結構厳しいからなぁ」

「え？　直樹さん、厳しいんですか？」

首を捻《ひね》りながら聞いた麻衣子に、飯田と塚本はコクコクと何度も首を縦に振った。

これは相当、厳しいらしい。

気分がいいのか、香川はからからと笑う。

「しかし、家ではこれだから、人はわかんないもんだよなー。その調子だと、今日のシャワーも一緒に入るって言いだしそうだな！」

香川はバシバシと直樹を叩く。しかも、遠慮なく。

そんな酔っ払いの行為に、直樹は少し苛々しているようだった。

「君が期待しているような理由じゃないですが、一緒に入って介助はするつもりですよ。片足の使えない麻衣子さんがシャワー室で転《こ》けてもいけませんからね」

ロッジの近くには温泉施設があり、パーティーの後、みんなはそこに向かう予定になっている。しかし、足を痛めた麻衣子は備え付けのシャワーで済ますことになっていた。

麻衣子を介助するということは、直樹も温泉施設に向かわず、シャワーで済ますということだろう。

申し訳なくなり、麻衣子は頭を下げた。

「直樹さん、温泉行ってきていいですよ。ここのシャワー室、手すりもあるので、一人でもなんとかなると思いますし……」

「ダメです。麻衣子さんは目を離すと、なにしでかすかわかりませんからね。たとえ温泉に行っても、君一人をロッジに残したとあれば、心配で素直に楽しめないと思いますし」

「なんか、ほんとごめんなさい」

「いいんですよ。俺は、君の隣にいるのが一番楽しいんですから」

「……直樹さん」

感動のあまり声を潤《うる》ませてしまう。

そんな二人のいい雰囲気をぶち壊したのは、やはり酒にのまれた香川だった。

「とか言って、エッチなことがしたいんだろ？　こーさかー！」

へらへらと笑いながら詰め寄ってくる香川に、直樹の顔から感情が消える。

「……君はいい加減、酒にのまれないように量を工夫してください……」

「いいんだぞ、エッチなことしても！　夫婦なんだから、誰も咎《とが》めねぇだろうし！」

「今すぐ水を飲んで……いや、頭からかぶってきてください！」

明らかに苛々としだした直樹と、それを煽《あお》るかのような香川のやり取りに麻衣子は二人を交互に見る。

香川のうしろには、麻衣子と同じようなハラハラとした表情の飯田と塚本がいた。

「いやぁ、シャワー室でエッチなことかぁ。あ、でも、子作りは計画的にな！　ちゃんとゴム持ってきてるか？」

「……だから……」

「そうかそうか、忘れたか！　それなら、俺のゴムをやろ……」

「だから、そんなことするわけないでしょう！　シャワー室は声が響くんですよ。麻衣子さんの声を他の男に聞かせるわけがないじゃないですか！」

売り言葉に買い言葉。

斜め上の答えに麻衣子は顔を真っ赤にしながら「二人とも、もうやめてください！」と叫んだのだった。

みんなが温泉施設に行った後、麻衣子と直樹は二人でロッジのベランダにいた。

綿《わた》のようなボタン雪がふわりふわりと空から落ちてくる。

麻衣子は手すりに掴《つか》まりながら、スキー場がある方向の明かりをじっと見つめていた。

「寒くないですか？」

直樹が自《みずか》らの上着を麻衣子の肩にかけてくれる。

麻衣子はそれに「ありがとうございます」と言って微笑んだ。

「なんか、なにからなにまで本当にすみません。直樹さんも温泉行きたかったですよね。スノボも最後までできなかったですし……」

「いいえ、別に。ウィンタースポーツも温泉もあんまり興味がないので」

その顔は本当に無理をしているようには見えなかった。

「それに、麻衣子さんが怪我をしたのはあれでしたが、実は少しだけ得をしたと思っているんですよ」

「へ？」

「結婚して初めてのクリスマスですからね。できれば二人っきりで過ごしたかったです。だから、短い時間でもこうやって二人っきりになれて良かったです」

「でも、今日はクリスマス当日じゃないですよ」

「けれど、二十四日も二十五日も平日でしょう？　クリスマス気分を味わえる休日は明日で最後ですから」

「考えてみればそうですね」

そう考えると、なんとなく香川の提案に乗ったが、もったいないことをしたような気分になってくる。

直樹と過ごす最初のクリスマスがこんな感じで良かったのだろうか。

もっとロマンティックで、思い出に残るようなクリスマスにしたほうが、直樹も喜んだんじゃないだろうか。

そんなふうに考えてしまう。

「でもまぁ、来年も再来年《さらいねん》もありますしね」

直樹の手が麻衣子のそれに重なる。

いつも冷たい彼の手が今日はちょっぴり温かい。

「あと何十回と過ごすクリスマスのうちの一回ですから、今回はこれで良しとしましょうか」

そう言われると、なんだかこそばゆい。

これから先、何十年とずっと一緒なのだと、そう暗《あん》に言われているからだ。

直樹の両手が麻衣子の首のうしろに伸びる。

首にあたった冷たい感触に、一瞬身体がびくついた。

「付き合っている時なら指輪にしたんですが、もう結婚指輪がありますからね」

直樹の手が、肩に乗っていた麻衣子の髪の毛をふわりと払い、離れていく。

麻衣子は首元を見下ろした。そして、あっと声を上げる。

「これ！」

「クリスマスプレゼントですよ。なににしようかとても迷ったんですが、結局無難《ぶなん》なものになってしまいました」

首にはネックレスがあった。

二羽の小鳥が左右から中央の石を支えているような可愛らしいデザインのネックレスである。

麻衣子は感嘆《かんたん》の声を上げた。

「すごい！　可愛い!!」

「気に入ってくれましたか？」

「はい！　とても!!」

麻衣子の喜びように、直樹は安心したような笑みを浮かべた。

「良かったです。鳥がモチーフになっているものを作るというのは知っていたんですが、身につけるのも好きなのかまではわからなくて、内心ドキドキだったんです」

「ありがとうございます！　毎日身につけますすね!!　……あ。でも、なくしちゃうの怖いから、大事にしまっておいたほうが……」

直樹はペンダントトップを握りしめ、おろおろとする麻衣子の頭を撫《な》でた。

「できれば使ってください。そのほうが俺も嬉しいですし。それに、なくしたらなくした時ですよ。その時はまたプレゼントさせてください」

「大丈夫です！　絶対になくしません！」

意気込みを示すように、麻衣子はぐっと胸元に握り拳《こぶし》を掲《かか》げた。

「あ、でもそれなら、私もクリスマスプレゼント持ってきておいたら良かった……」

「もしかして、なにか用意してくれてたんですか？」

「はい。実は最近、革細工にはまってまして」

恥《は》ずかしがりながら言う麻衣子に、直樹は「革細工？」と首を捻《ひね》った。

「はい。直樹さん、いつも手が冷たいから革で手袋を作ってみたんです。内側にボアを使ったので、結構温かいのができたんですよ」

「もしかして、最近夜に作業部屋にこもってたのって……」

「あ、もしかして気がついていました？」

「はい。気づいたと言っても、一、二回ほどですが」

ここ二週間ほど、麻衣子は直樹が寝入った後、作業部屋で彼に渡すための手袋を作っていた。

日中は仕事があるし、だからと言って直樹が起きている時に作っては簡単にバレてしまうと思ったから夜に作業をした。

その話を聞き、直樹の目が据わる。

「もしかして、今日倒れたのと、手袋を作っていたのは関係があるんですか？」

「それは……」

「関係あるんですね？」

確かに、手袋を作っていたせいで寝不足にはなっていた。

しかし、それだけで倒れたわけではない。ダイエットをするための食事制限が主な要因で、寝不足はちょっとしたきっかけに過ぎないのだ。

直樹は大げさにため息をつき、麻衣子は焦った。

「ご、ごめんなさい！　でも、倒れた主な原因はダイエットで、夜更かしは──」

「麻衣子さん」

「……はい」

「今日だけですよ」

直樹の顔がぐっと迫ってくる。

「今日だけ、夜更かししたことと、プレゼントをこの場に忘れたことを、キス一つで許はないですよ？」

「君がプレゼントを用意してくれていたと聞いて、存外、気分がいいのでね。でも、次してあげます」

「へ？」

直樹の冗談めかした声に、麻衣子は肩を震わせた。

「ふふふ、ありがとうございます。……それじゃ、お言葉に甘えて……」

直樹の首に手を回す。そのまま踵《かかと》を上げて唇を重ねた。

しっとりとした柔《やわ》らかい感触に、幸せが溢《あふ》れ出てくるようだった。

しばらく、互いの吐息を交換するように優しく唇を重ねた。

子供のキスと大人のキスのちょうど中間。優しくて、楽しい、笑みの零れるような口づけだった。

そして数秒後、ゆっくりと唇は離れた。

すると今度は、直樹の手が伸びてきて麻衣子の後頭部に回る。

そして、押し付けられるように今度は唇が奪われた。

次は、行為を思い出させるような大人のキスだ。

深く、深く、つながった体温に、なぜか少し涙が出そうだった。

第七章　新婚旅行

真っ青な海に白波が立つ。

海底から現れた大きな黒い物体は、潜《もぐ》ったり浮上したりを繰り返しながら、船に近づいてくる。

つるつるとしているが起伏も感じられる肌が完全に潜《もぐ》った後、尾ひれが水面を持ち上げ、そして、叩いた。

真っ白な水しぶきが上がる。

その迫力に、わぁっと歓声が上がった。

そして、歓声を上げる群衆の中に、麻衣子と直樹もいた。

「わぁあぁっ！　すごい‼」

クジラが潮《しお》を吹く。

高く上がった水しぶきに、また船に乗っている観光客は大きな声を上げた。

あのクリスマスの一件から一か月。

麻衣子と直樹はハワイに来ていた。

せっかくハワイに行くのだからと、いろいろなアクティビティを予約しているが、このホエールウォッチングが、今回の旅行の主な目的と言っても過言ではなかった。

「麻衣子さん、そんなに手すりに近づかないでください。海に落ちますよ？」

「大丈夫ですよ、みんな近づいてますし！　それより見てください！　イルカの群れもやってきまし——」

そう、麻衣子が指をさした瞬間、背中を誰かに押された。

振り返ると、他の国の観光客が背後を通っているところだった。

低い手すりに身体が乗り出した。

（あ、あぶ——）

しかし、足が甲板《かんぱん》を離れてしまう前に、直樹が麻衣子の腕を掴《つか》んで彼女の身体をとどめた。

重心が足元に戻ってきて、麻衣子はほっと胸を撫《な》でおろした。

「はぁ。すみません、直樹さん」

「ほんともう！　気をつけてくださいと言ったばかりですよね⁉　なんでそんな迂闊《うかつ》なんですか君はっ！　今の、数秒でも遅かったら海に落ちてたかもしれないんですよ⁉」

「大丈夫ですよ。海に落ちても死ぬわけじゃないですし」

「死にますからね！　俺が！　心配で！　……ホント、君といたら心臓がいくつあっても足りない……」

いつも通りのお叱《しか》りに、麻衣子は苦笑いを零す。

本当に悪いとは思っているのだ。しかし、直樹のように気をつけられないのだから仕方がない。というか、その辺に対する危機管理能力が、他の人より劣っているのかもしれないと気づき始めた麻衣子である。

クジラの背びれが、また水面を叩く。

空中を舞う水滴がまるで宝石のように輝いた。

「直樹さん、知っていますか？　ハワイでクジラの尾は幸運の象徴らしいですよ。ホエールウォッチングでも見れないことがあるらしいので、今日はとてもついてますね！」

「さっき海に落ちそうになってた身で、よくそういうことが言えますね」

「でも、直樹さんが助けてくれたじゃないですか！　私、超ついてます！」

麻衣子の楽しそうな顔に、直樹の表情も緩む。

彼女は直樹の手を取り、顔を覗《のぞ》き込んだ。

「いい旅になると良いですね！」

「そうですね」

二人は互いに顔を見つめながら笑いあった。

一月末とはいえ、ハワイは暖かい。朝晩はそれなりに冷えるが、日中は二十五度を超えるので、二人も夏の格好だった。

船から降りた二人はカラカウア通りを歩く。

通り沿いには、面白い商店がたくさんあった。

日本でいう百円均一のような、大体のものが一ドル均一のお店。

ちょっと高級なコンビニのような施設。

ワイキキビーチが近いからか気軽に水着や浮き輪を買えるところに、お洒落《しゃれ》なカフェや香ばしい肉の匂いのする飲食店。

日本ではあまり見かけない店が多く、麻衣子は興奮してあたりを見回していた。

「わっ！　どこも入ってみたいですね！　すごいです!!」

「麻衣子さんは海外は初めてですか？」

「そうですね。というか、今まであんまり旅行とかにも興味がなかったので、日本国内もほとんど回ったことがなくて……」

あはは……と恥《は》ずかしがりながら頭を掻く。

直樹はハワイに来ても終始落ち着いているように見える。ハワイはどうかはわからないが、海外もきっと初めてではないのだろう。

それを見ていると、はしゃいでいた自分が急に恥《は》ずかしくなってくる。

直樹から見て、先ほどまでの自分はおのぼりさんのような反応だったのだろうと、麻衣子は頬を染めた。

「すみません。もうちょっと落ち着きます」

「なぜですか？　麻衣子さんが喜んでくれて、俺も嬉しいですよ」

「直樹さんは、一緒にいて恥《は》ずかしくないですか」

恐る恐るそう聞くと、直樹は本当に不思議そうに首を捻《ひね》った。

「……どうして？　麻衣子さんと一緒にいて恥《は》ずかしいだなんて思ったことないですよ。誇らしいとは思ったことがありますが」

「ほこ……？」

「可愛い妻を自慢したくなる感じですかね。とにかく、そんな感じなので、周りのことなど気にせず楽しんでください」

「ありがとうございます」

直樹の優しさに、また彼のことを一つ好きになった。

そのまま二人で並んで歩いていると、直樹がなにかを見つけて「あ」と零した。

「あれ。麻衣子さんが食べたいって言っていたパンケーキ屋ではないですか？」

「え？　あっ！　本当ですね！」

砂浜と海を表すような白と青の看板に、お洒落《しゃれ》な店内。

流れるＢＧＭは、気分が上がるようなノリのいいハワイアンミュージックだ。

「ちょうど時間もありますし、食べますか？」

「はい！　あ、でも……」

麻衣子はメニューに映っている商品の写真を見て躊躇《ちゅうちょ》した。

写真の中のパンケーキはクリームとフルーツがのってとても美味《おい》しそうなのだが、ボリュームがありすぎる。日本で慣れ親しんでいたパンケーキの量ではない。

「さっきお昼食べたばかりなので、これはちょっと入らないかもしれないです……」

食べるなら、もう少し小腹をすかせてからだ。

先ほど昼食を食べたばかりの腹具合では、二人で一つを分け合うにしても、これは大きすぎるだろう。

「でも、せっかくだから食べたいし……」

「それなら、夕方にまた来ましょうか？」

「いいんですか⁉」

「もちろん。営業時間が書いてないので聞いてきますね。それと、予約が取れるようなら予約もしてきます。麻衣子さんはそこで待っていてください」

「あ、はい！　よろしくお願いします‼」

英語が苦手な麻衣子がうしろをついていっても、直樹の邪魔になるだけだろう。

店内もすごく広いというわけではないので、麻衣子はおとなしく店の前で待つことにした。

(英語、ちょっとは勉強してくれれば良かったなぁ)

ハワイは日本人観光客も多く、通りを歩いていると時々日本語が耳を掠《かす》める。店員もカタコトだが日本語を話してくれる人も多い。

しかし、正確なやり取りをするのならば、やはり英語のほうがいいだろう。

だからこういうことは英語が話せる直樹に任せっきりになってしまう。

(というか直樹さんって、運動もできるし頭もいいしスーパーマンよね。できないことってあるのかな?)

そんなことを考えていると、ふいに隣に人の気配がした。

顔を上げると大男が二人、こちらを見下ろしている。

青い瞳のブロンドヘアの二人組だ。手には地図を持っていた。

「Excuse me.」

「……おぅ」

本場の発音に、思わず身を引いてしまう。

どうやら彼らは観光客で、目的地の場所がわからず困っていたらしい。

（教えてあげたいけど、教えてはあげたいけど……）

英語がわからない上に、二人が行きたい場所への行き方もわからない。

二人はなにやら興奮したように英語でまくし立ててきた。麻衣子は混乱して目を白黒させる。

（とりあえず、私が英語がしゃべれないのを伝えないと！）

「そーりー、あいきゃんのっとすぴーく、いんぐりっしゅ」

発音が日本語だが、これぐらいなら伝わるだろう。

しかし、彼らは互いに顔を見合わせただけで、また楽しそうに話しかけてきた。

麻衣子の頬に冷や汗が伝う。

（どうしよう。これは伝わってないっぽい？　あっ！　そういえば‼）

麻衣子はスマホを取り出す。翻訳サイトにつなぎ、言いたいことを訳して伝えようと考えたのだ。

しかし、彼らはなにを思ったのか、自分たちもスマホを取り出してきたのだ。

そして、なにやら作業を始める。

「えっと……」

とりあえず、英語がしゃべれない等を伝えるために、翻訳サイトで翻訳してもらった文章を二人に見せた。

すると、二人は親指を立ててスマホの画面をこちらに見せてきた。

そこには電話番号とメールアドレスが記載されている。

「え？」

すかさずジェスチャーで『君の連絡先は？』と問われ、麻衣子はスマホを抱え込んだ。

（この人たちって道に迷ってたんだよね？　なんで私の連絡先……）

その時――

「Excuse me. Do you want anything with my wife?」

聞きなれた声に振り返ると、直樹が店から出てきたところだった。

直樹の登場に二人組は驚き、また同時になにやら道を聞いて立ち去って行った。

麻衣子は、ほっと胸を撫《な》でおろす。

「直樹さん、ありがとうございました。私じゃ、あの二人の道案内できなくて……」

「なに言ってるんですか？　アレはナンパですよ」

「ナンパ⁉」

麻衣子はひっくり返った声を上げた。

しかし、あの二人組は確かに最初は道を聞いてきたはずだ。英語が苦手な麻衣子でも、
義務教育は終了させているのだ。それぐらいはわかる。

しかし、直樹はさらりとこう宣《のたま》う。

「道を聞くふりをして近づくナンパです。日本でもあるでしょう？　『ここってどうやって行くの？　行き方わからないから教えて』ってやつ。あれの海外版ですよ。質《たち》が悪いのは、こういう観光者が多い土地柄、最初の段階ではなかなか気づきにくいってことですかね」

「あぁ、だからさっき連絡先を……」

麻衣子は納得したようにそう呟いた。その瞬間、直樹の眉間に皺《しわ》が寄る。

「まさか教えたんですか⁉」

「さすがに教えてないですよ！　なんでこの人たち連絡先教えてくるんだろうって感じで戸惑ってる間に直樹さんが来てくれて……」

「つまり危機一髪ってことですか」

「そこまでではないですけど……」

しかし、押しに弱い麻衣子のことだ。

あの時直樹が来なかったら、なし崩し的に連絡先ぐらいは教えていたかもしれない。

「まったく、君は……」

「でも、ナンパなんて初めてされました！　こんな感じなんですね」

英語でなにを言われているのかよくわからなかったが、ナンパはナンパである。

ナンパと言えば、今までは結花がよくされていたイメージである。ついでといった感じで連絡先を聞かれたことはあるが、明らかに向こうの目当ては結花だった。

一方の結花は蚊《か》を見るような目で男たちを見た後、鬱陶《うっとう》しそうに追い払うのが常だった。いつもそんな彼女を見ながら『モテる人は大変だなぁ』と思っていた。

「……麻衣子さん。もしかして、ナンパされて喜んでますか？」

「へ？」

「君は、俺以外の男性に好意を向けられても喜ぶんですか？」

直樹が不機嫌そうな顔で麻衣子を見つめる。

「いや、嬉しいというか。こんな感じなんだーって思っただけですよ。ただ単に珍しいから、ちょっと浮《うわ》ついちゃったって感じで。深い意味はないですよ？」

「だとしても、良い気分ではないです」

低くなった直樹の声に、麻衣子は焦った。

「えぇ⁉ 直樹さんだって、すごくタイプな人に声をかけられたら、好きにはならないけどちょっとドキッとするでしょう？ そんな感じなだけで……」

「つまり今の彼らは麻衣子さんのタイプだったと？ しかも、少しドキッとしてしまったと？」

「違います！ なんでそんな抜き出し方するんですか⁉」

麻衣子としては戸惑っていただけで、タイプ云々は考えてもなかったし。確かにドキッとはしたが、それは英語が話せなくて緊張しただけの話だ。

そもそも先ほどのことがナンパだったというのは、直樹が来てから気づいたことである。

しかし、直樹の機嫌は依然として良くならない。

「というか、もしかすると麻衣子さんは、こちらの人にはとても受けがいいのかもしれませんね」

「へ？」

「東洋人が欧米人に比べて幼く見えるのは知っているでしょう？　さらに麻衣子さんは童顔だし、小さいし、可愛らしいので、男性の庇護欲《ひごよく》や加虐心《かぎゃくしん》を煽《あお》るんですよ」

「え？　庇護《ひご》したいのに加虐《かぎゃく》もしたくなるんですか、私って」

「はい。少なくとも俺はそうです」

さらりととんでもないことをカミングアウトする直樹である。

（いや、まぁ、薄々は感づいていたけど……）

「つまり、麻衣子さんは誘拐される危険性が高いということですね」

「誘拐⁉　話が飛躍しすぎです！　直樹さん‼」

とんでもない方向に話が飛んでいく。

なにがどうしたら誘拐ということになるんだろうか。

「麻衣子さんを狙っている男性が多いということは、つまり、危険な思想を持っている者がいるという可能性も高くなります。先ほども言ったように、麻衣子さんは可愛らしいし、ちっこいですからね。誘拐しようと思えばすぐです。車さえあれば五分もかかりません」

「五分って。私の防御力ってそんな低いんですか？」

「俺にかかれば三分です。たとえるなら豆腐の防御力と一緒ですね」

「豆腐……」

それはあまりにも防御力が低すぎだ。

しかし、彼は憶測でものを言う男ではない。彼が本気になれば本当に三分で、麻衣子は誘拐されてしまうのだろう。

直樹が危険な思想を持ってなくて良かったと本気で思う麻衣子である。

「車で攫《さら》えば、後は監禁すれば良いだけの話なので簡単です」

「簡単？」

「麻衣子さんは優しいので、ちょっと不幸な身の上話でもすればコロッと落ちてくれるでしょう？　その後は既成事実を作って……」

「怖い怖い怖い‼」

麻衣子は思わず声を上げてしまう。

身を守るように身体を抱き込み、顔を青くさせた。

「でしょう？　だから海外は怖いんです！」

「そうじゃなくて、直樹さんの思考回路が怖いんです。既成事実ってなんですか！　そもそも、なんでナンパされただけでそこまで話が広がるんですか⁉」

「もし、俺が誘拐犯だったらという仮定の想像です。でも、麻衣子さんをどうしても手に入れたいって思想の人がいれば同じような行動をとるかと思いまして」

さもあたりまえのようにそう言われ、背筋が粟立《あわだ》った。

「それに、君みたいなか弱そうに見えるタイプはスリに狙われやすいですからね。お金は最低取られても良いですが、そのせいで麻衣子さんが傷ついたらと思うと……。本当に海外は怖いところです」

ちょうど良いタイミングで、お店の中にかかっているテレビからニュースが流れ始める。

ニュースキャスターがなにをどう伝えているのかわからないが、映像から察するに、どうもお店を襲った強盗犯が逃走中とのことだった。

そのニュースを見て、直樹はふぅと息をつく。

「ということで、以降すべての予定をキャンセルして、今日から三日間はホテルでゆっくりしましょう」

「直樹さんまだ来て一日目ですよ⁉」

「しかし、麻衣子さんが誘拐されたり、事件に巻き込まれることを考えたら……」

「考えないでください！　私は新婚旅行を楽しみたいです‼」
◆◇◆

翌日。なんとかホテルで缶詰めになる未来を回避した麻衣子は、山に登っていた。

そう、言わずと知れたダイヤモンドヘッドである。

見た感じはそこまで大きな山だとは思っていなかったのだが、登ってみるとやはり少し息切れする。

じりじりと太陽が肌を焼き、汗が頬を伝った。

（そんなに、辛いって感じじゃないけど。……長いし、暑い）

「麻衣子さん、大丈夫ですか？」

隣を歩く直樹は涼しい顔だ。汗の一つも流していない。

しかも、麻衣子の荷物も持っているにもかかわらず、だ。

「直樹さんって、運動神経良いですよね。持久力もありますし。なにかスポーツでもやっていたんですか？」

ウィンタースポーツも難なくこなしてしまう彼だ。なにか過去にスポーツでもしていたのかもしれない。

今からではあまり考えられないが、昔は野球少年だったりするのだろうか。

そんな思いで口を開いたのだが、直樹はいたって平然と「なにもやってはいませんよ」と答えた。

「本当に？」

「……しいて言うなら、幼い頃、柔道を習わされていたので柔道経験者ではあります。でも本当にそれだけですよ。あとは全部かじる程度です。高校生や大学生の頃はいろんな部活の助っ人をしていましたけどね」

「運動部に所属してなかったのに助っ人してたんですか⁉」

麻衣子は驚いた声を上げる。

「はい、まぁ。熱中できるものがなさそうだったので、ずっと帰宅部でしたね。香川にテニスサークルに誘われて入ったことはありますが、飲み会などがめんどくさくてすぐ辞めてしまいましたし……」

きっと生まれ持った身体能力が高いのだろう。麻衣子にはわからない世界である。

呆《ほう》ける麻衣子に、直樹は小首をかしげた。

「麻衣子さんは？　学生時代、スポーツなどは？」

「部活はずっと手芸部でした。体育の時間はもう、ほんと嫌で嫌で仕方がなくて……」

特に冬場の持久走は地獄だった。

持久走など、本当は適当に走れば良かったのかもしれなかったが、足が遅いのになんだかんだと負けず嫌いなので、力いっぱい走ってしまう。

なので大体翌日は、筋肉痛でベッドから動けなくなっていた。

それでも順位はうしろから数えたほうが早いので、学生時代は毎年冬が来るのが嫌だった。

「スポーツも勉強もできて……。直樹さんって、苦手なこととかないんですか？」

「一応、ありますよ」

「あるんですか⁉」

「まぁ、それなりには」

珍しく直樹が困ったような顔をする。

麻衣子は歩いていた足を止め、直樹に詰め寄った。

「直樹さんの苦手なものってなんですか？」

「さぁ、なんでしょうね」

「教えてください！」

「いやです」

笑顔で拒否をされ、麻衣子は唇を尖《とが》らせる。

「ずるいです！　私の弱点ばかり知っていて、直樹さんの弱点まったく教えてくれないじゃないですか！」

「弱点ってほどのものではないですよ。単に苦手ってだけの話ですから」

麻衣子はしばらく考えた後、人差し指を立てた。

「虫が苦手とか？」

「違います」

「爬虫類《はちゅうるい》？」

「はずれ」

「猫とか犬とか？」

「生き物で特にこれと言って苦手なものはありませんよ？」

「むー……」

苦手というから、虫でも苦手なのかと思ったのに、どうやら掠ってもいないらしい。

余裕綽々《よゆうしゃくしゃく》の笑みに、麻衣子はさらに頭を捻《ひね》った。

「それなら……」

「ま、いずれわかりますよ」

直樹が麻衣子の手を取る。そして、引きずるように歩き出した。

「ほら、早く行かないと日が暮れてしまいますよ。ダイヤモンドヘッドから見える夕焼けも綺麗《きれい》だそうなので見たいですが、あまり遅くなると下山が大変ですからね。急ぎましょう」

「もしかして、苦手なもの教えたくないから、はぐらかしています？」

「麻衣子さんこそ、歩きたくないからそんな会話するんですか？　疲れているのなら、おんぶでもしましょうか？」

「結構です！」

苦手なものを教えてくれる気がなさそうな彼を、麻衣子は頬を膨らませながら足早に抜かしていった。


その夜は外食などはせず、ホテルでゆっくりすることにした。

マンションの一室のような広い客室に泊まっているのだから、ホテル内も楽しまないと損だと思ったのだ。

大きなダブルベッドに身綺麗《みぎれい》にした身体を横たえ、麻衣子は観光マップを眺めていた。

「明日は……ワイマナロビーチかー。すごく綺麗《きれい》なビーチらしいですね！　水の透明度も高いって！」

「そう、聞いていますね」

「ウェディングフォトの撮影とかにもよく使われる場所って聞いたので、すごく楽しみなんです！　花嫁さん、見れますかね？　あぁ！　私もドレスを持ってきておけば良かった！　写真撮りたかったです！」

麻衣子は観光マップを胸に抱き、仰向けに寝転がった。

直樹は隣に座ったまま彼女を見下ろした。

その手には日本から持ってきた本がある。

「麻衣子さんってそういうの好きですよね。綺麗《きれい》なものとか、可愛いものとか」

「逆に綺麗《きれい》なものとか、可愛いものに興味のない人っていますか？」

「俺は嫌いではないですが、麻衣子さんほど好きでもないですよ」

「えー」

直樹は本に視線を戻すと、ページをめくった。

麻衣子は仰向けに寝転がったまま、じっと彼を見上げる。

サイドテーブルに置いてあるルームランプが、直樹の骨ばった輪郭を際立たせていた。すっきりとして整った顔立ちが、影によって強調される。

（かっこいいなぁ）

思わずニヤニヤしてしまう。

直樹のことを顔で選んだつもりはないが、好みのドストライクだったのも事実だ。

鋭い目も、通った鼻筋も、薄い唇も、男らしい輪郭も。全部タイプだ。

（なんか、すごい幸せ）

大好きな人と結婚できて、こうして旅行に来ている事実に胸がいっぱいになる。

（直樹さんも同じように思っててくれてればいいけど……）

自分が幸せで、相手も同じように幸せだと思ってくれたら、きっとそれがこの世で一番幸せなことだ。

彼がくれた幸せの数パーセントでも、自分は彼に返せているだろうか。

そう思っていると、ふと先日テレビで見た情報が頭を掠《かす》めた。

「あ、そうだ！　直樹さん、チョコ食べますか？」

「チョコ？　あぁ、さっきお店で買ってたやつですか？」

「はい！　マカダミアナッツのチョコレートです！」

麻衣子はいそいそと鞄《かばん》の中からビニール袋に入ったままのチョコの箱を取り出した。

「私これ、好きなんですよ。従妹《いとこ》がハワイに旅行に行った時に買ってきてくれて、それからずっと好きなんです！　日本でも似たようなの食べれますけどね。やっぱり本場は違うかなって！」

ビニールをはがし、紙の箱を開けると、ふわりとカカオの香りが鼻をくすぐる。

麻衣子の唇は緩く弧を描いた。

「だから、今から一緒に食べませんか？」

「そうですね。……それじゃあ、一つもらいましょうか」

「はい」

麻衣子はチョコを一つ摘まんで直樹の口元まで持っていく。

「どうぞ」

「おや。食べさせてくれるんですか？」

「本にチョコが付いたら、嫌かなって思いまして」

「そうですね。ありがとうございます」

直樹は麻衣子の手首を掴《つか》むと、チョコレートを口元まで持っていく。そして、麻衣子の指先ごと口に入れた。

「ひょっ⁉」

思ってもみない行動に、変な声が漏れる。

指先に触れた舌の感触が、なんだかちょっといやらしかった。

直樹は麻衣子の指についたチョコまで丁寧に舐《な》めとってくれる。

「ん。美味《おい》しいですね、これ」

「ですよね！」

自分の好きなものを直樹に気に入ってもらえて嬉しくて、麻衣子の声は高くなった。

そしてすかさず箱に手を伸ばし、もう一つチョコレートを摘まみ上げた。

「もう一個どうですか?」

「……急にどうしたんですか?」

さすがにおかしいと思ったのだろう。直樹は首を捻《ひね》る。

麻衣子はチョコを持ったまま、直樹に迫った。

「今ちょっと直樹さんにチョコを食べてもらいたい気分なんです!」

「なぜ?」

「先日、テレビでチョコレートを食べると幸せホルモンが出るって聞いたんです!」

「幸せホルモン?」

麻衣子は頷くと、指を三本たてた。

「確か三つあって、セロハンテープみたいなやつと、オキシドールみたいなやつと、イルカみたいなやつでした!」

「セロトニン、オキシトシン、エンドルフィンですかね」

「そう、それです!」

「間違え方が、神がかっていますね」

説明がおかしかったのだろう、直樹は肩を揺らした。

麻衣子はさらに鼻息荒く、直樹に詰め寄る。

「で、今私すっごく幸せだなぁって思ってたので、直樹さんにも幸せになってもらいたくてチョコを食べてもらいました！　二人で幸せになったら、これ以上の幸せはないでしょう？」

麻衣子の無邪気な言葉に、直樹の目は見開かれる。

「どうですか？　チョコ食べて幸せになりましたか？」

「そう、ですね」

直樹は麻衣子の指先で溶け始めたチョコレートを口で取りに行った。

先ほどと同じように、手首を掴《つか》み指を舐《な》めると、そのまま麻衣子の身体を押し倒し、手首をシーツに縫い付けた。

いきなり押し倒された麻衣子は目を白黒させる。

「あの……」

「そもそも、なんで俺が今幸せを感じていない設定なのか聞かせてもらっても？」

「えっと、幸せでした？」

「幸せでしたよ。君と一緒にいて幸せじゃない時なんて、存在しないんです。でも、今君が俺を幸せにしようとしてくれてるって知って、ますます幸せになりました。これがチョコレートの効果なら、すさまじいですね」

直樹の唇が首筋に落ちてくる。

次の瞬間走った痛みに、麻衣子は顔をしかめた。

「んっ」

「麻衣子さん、知っていますか？　チョコって媚薬《びやく》の効果もあるそうですよ」

「へ？」

「だから、チョコレートを食べさせた責任、取ってくださいね」

唇が甘いだなんて初めての感覚だった。

重なった唇からほんのりとカカオの香りがして、麻衣子の頭はくらくらした。

チョコレートが媚薬《びやく》だなんて本当か嘘かはわからなかったけれど、甘ったるい味と鼻に抜ける香りが麻衣子の心臓をいつもよりも速く動かしているようだった。

直樹はいつものように丁寧に、身体に手を這《は》わせる。

おそろいのガウンの隙間から入り込んできた手は、器用に麻衣子のブラジャーを片手で外す。

やや乱暴に押し上げられたブラジャーに立ち上がり始めた胸の先端が擦れて、身体がびくついた。

「――っ！」

直樹はそんな麻衣子を押し倒したまま、胸に手を這《は》わせ、赤くなった先端を人差し指でぐりっと押した。

「ぁあんっ！」

全身を駆け抜けた電流のような刺激に、麻衣子はきゅっと身体を硬くした。

痛い。痛いけれど、それ以上に気持ちが良かった。

きっと直樹以外の人間にこんなことをされても気持ち良いだなんて思えなかっただろう。

すべては彼が与えてくれる痛みだから、受け入れられるし、気持ちが良い。

（私、虐《いじ》められるの好きなのかな……）

ナンパにあった時、直樹は麻衣子のことを『庇護欲《ひごよく》や加虐心《かぎゃくしん》を煽《あお》られる』と言っていた。

その言葉に最初は若干引いていたが、彼が麻衣子のことを虐《いじ》めるのが好きなように麻衣子も彼に虐《いじ》められるのが好きなのかもしれない。

直樹はガウンをはだけさせ、麻衣子の露《あら》わになった胸の頂《いただき》をちゅっと吸い上げた。

「んぅっ」

「麻衣子さんの胸は日に日に立ち上がりやすくなっていますね。こんなに淫《みだ》らな胸は見たことがないですよ」

「淫《みだ》らって♪ ぁあん――！」

ぴん、と赤く尖《とが》った先端を指で弾《はじ》かれて、麻衣子は息を詰めた。

「麻衣子さんの胸は虐《いじ》めるたびにもっともっとって立ち上がってくるんですよ。こんなに淫《みだ》らな胸は他にないでしょう？」

麻衣子は自分の胸を見る。

するとそこには直樹の言葉通りに高く立ち上がる赤い実があった。ぷっくりと充血しているさまが、まるで愛撫をねだっているようで恥《は》ずかしい。

「それにほら、この胸の状態を見れば、麻衣子さんが俺の愛撫でどのぐらい感じているか、つぶさにわかるでしょう？　こうしたら……」

「ぁっ――」

いきなり、ショーツを横にずらし割れ目から指が侵入してくる。

麻衣子は思わず身体を引いたのだが、彼の手は彼女を逃《のが》すまいと腰をぐっと固定した。

指が抜き差しされる。

ぐちゃぐちゃと粘っこい水音に、麻衣子の小さな喘《あえ》ぎ声が重なる。

「ぁあっ、ぁ、ぁ、ぁあんっ」

「先端がもっと盛り上がってきましたよ。こんなに腫れて。そんなに俺に触って欲しいんですか？」

いじわるな言葉に、恥《は》ずかしさで涙が浮かんだ。

しかし、羞恥《しゅうち》以上にちょっとした反抗心も湧いてくる。

麻衣子は直樹の中心に手を伸ばした。

ボクサーパンツ越しのそれは、もうこれでもかというぐらいに硬く、太くなっていた。

「直樹さんだって、こんなになってるじゃないですか」

それが精いっぱいだった。

しかし、麻衣子のその大胆な行動に、直樹は驚いたようだった。

そのまま擦るように手を上下に動かすと、直樹の眉は寄った。

「ちょっと、麻衣子さん」

窘《たしな》めるような声と共に手首を握られた。

なぜかダメだと言われるとやってみたくなるもので、麻衣子は直樹に握られていないほうの手を彼の中心に這《は》わせた。

「麻衣子さん」

「今日は、私が責任を取るんですよね？」

チョコレートを食べさせた責任を取ってほしい。

さっき彼は麻衣子を押し倒した後、そう言っていた。

麻衣子は身体を起こすと、直樹と向かい合うように座った。

「今日は、私も直樹さんのこと気持ち良くさせますから」

麻衣子は直樹のボクサーパンツに手を伸ばす。

前をずらすと、大きく猛《たけ》った彼の男が飛び出してきた。

その大きさに目を見開く。

「これが……」

それがいつも自分の中に入っているとは正直信じられなかった。

太さも長さも想像していたのより一回り大きい。

「あの、頑張ろうとしてくれるのは嬉しいんですが、無理しなくてもいいですからね」

「大丈夫です」

麻衣子はゆっくりと彼のソレに手を伸ばす。

温かくて硬い彼の猛《たけ》りは、手で包むとどくどくと脈打っていた。

麻衣子は両手で彼の男根を包むと、ゆっくりと手で上下に擦った。

「んっ――」

直樹の顔が苦しそうに歪められる。

しかし、その苦しそうな顔とは裏腹に、彼の先端には透明な液体が滲《にじ》み出てくる。

（気持ち良いんだ……）

麻衣子は片手で上下に擦りながら、もう片方の手でその先端を指で円を描くようにな
ぞった。

すると、さらに直樹の表情は歪んだ。先端は、我慢できなかった液体でてらてらと妖

しく光っていた。

(でも、これからどうしたら良いんだろう)

良くわからないまま始めたので、どうすれば彼がもっと気持ち良くなってくれるのかわからない。できれば自分がいつもしてもらっているように、彼にも気持ち良くなってもらいたいと麻衣子は思っていた。

(直樹さんがいつもしてくれるようにしたらいいのかな……)

麻衣子は落ちてきた髪の毛を耳にかけながら、直樹のモノに舌を這《は》わせた。

「――っ！　ちょっと、それは！」

ぐっと肩を掴《つか》まれて顔を離される。

直樹の突然の行動に、麻衣子は舌を出したままぽかんと固まってしまった。

「なにをしてるんですか！」

「えっと、直樹さんにいつもしてもらってるようなことを……」

「君はそんなことをしなくても良いんです！　大丈夫ですから！」

「もしかして、気持ち良くないんですか？」

「……そういうわけでは……」

「気持ち良いんですよね？」

「まぁ……」

普段の直樹にはない歯切れの悪さだ。

麻衣子は肩から直樹の手を外すと、ふたたび彼の雄に舌を這《は》わせた。

「ちょっと――」

「痛かったら言ってくださいね」

ちゅっ、と口づけをすると、びくんと震えた。

そのままゆっくりと舌を這《は》わせつつ口に含んでいく。

(全部入らない……)

半分ほど口に入れて、口をすぼめたまま頭を上下に動かした。

手は、口に入らなかった部分をゆっくりと擦り上げる。

「――ぁ」

小さなうめき声が頭の上に落ちてきて、なんだか妙に嬉しくなる。

見上げれば、余裕のない淫《みだ》らな表情の彼が歯を食いしばっていた。

その表情になぜか麻衣子の下半身もキュンキュンした。

(もっと――)

麻衣子は先ほどよりも早く頭を上下させた。

すると、彼の雄がぐっと膨らむ。

「麻衣子さん、もう、離してください」

耳に届いた切ない声に構わず、麻衣子はさらに彼のモノをちゅっと吸い上げた。

「――っ！」

頭を抱え込まれ、口の中のものがドクンと脈打つ。

口に広がったどろりとした液体に、麻衣子は彼が果てたのだと知った。

（これは、どうすれば……）

口の中の液体に不快感はない。ただ、どうすればいいのかわからないのだ。

数秒迷って、麻衣子はそれを呑みくだした。

ごくんと聞こえたその音に、直樹は一瞬にして青い顔になった。

「呑んだ⁉　今、もしかして呑みました⁉」

「え、あ、はい。吐き出すのもどうかなって思ったんで……」

「そんなもの呑む人がいますか！　ぺってしなさい！　ぺって！」

まるで子供のように叱《しか》られる。

麻衣子は首をかしげた。

「でも、直樹さん私によく同じようなことしますよね？」

「俺と君を一緒にしないでください！　俺は良いんです！　君のモノを舐《な》めても呑んでも！」

直樹はそのまま天井を仰ぐ。目元を隠しているのは後悔のためだろうか。

「いや、すべての原因は俺が我慢できなかったことなんですが……」

「直樹さん、気持ち良かったですか？」

そばに寄ってきた麻衣子に直樹はじっとりとした視線を向け、そうしてなにかを諦《あきら》めるように深くため息をついた。

「……はい。気持ち良かったです」

「良かったです！」

無邪気な麻衣子に、直樹は苦笑を漏らした。

「でも、俺は君のここに吐き出したかったです」

下腹部を触られて、麻衣子のお腹はきゅんと収縮した。

それは麻衣子も同じである。できるならば彼の温かいものでお腹を満たしてほしかった。

結婚式が終わってから、彼はまったく避妊をしなくなった。

避妊具を持ち歩いている様子も見られないので、きっといつ子供ができても良いと思っているのだろう。

直樹はふたたび麻衣子を押し倒す。

「ってことで、次は君の番ですよ、麻衣子さん」

「え？　でも、さっき出したばっかり……」

「俺を舐《な》めないでください」

そういう彼の中心は、ふたたび高く持ち上がっている。

「まだ君を抱いていないんですよ。このまま戦意喪失するわけないじゃないですか」

直樹は麻衣子の脚を大きく開いたその間に身体を滑り込ませる。

「ちょ、ちょっと待ってください！　今、電気を」

「ダメです」

「――っ！」

麻衣子の手がサイドテーブルに届く前に、彼女の身体は彼の太いもので貫かれた。

しかも、いきなり根本まで全部入れられ、内臓が圧迫される。

あまりの出来事に、麻衣子の身体は小刻みに震えた。息がうまく吸えない。

直樹は麻衣子の身体が震えているのを知りながら、腰を動かし始めた。

「ひぅ、ぁ、ん、んん」

「気持ち良くしてもらったお礼に、今日は中にいっぱい出してあげますね」

「んぁ、あぁ、ぁあぁっ！」

「麻衣子さんも好きでしょう？」

言葉にするのは恥《は》ずかしいので、麻衣子はコクコクと頷いた。

お腹の中に温かいものが広がるあの感覚は、えも言われぬ幸福感を麻衣子に与えてくれる。
少しの境《さかい》もなしに溶け合った身体が気持ち良くてしょうがない。
直樹は麻衣子の答えに満足したのか、さらに腰を深く打ち付けてくる。
最奥を抉られる快感に、腰が自然に動いた。
「麻衣子さんは、ここが、好きなんですよね」
浅いところをぐりっと先端で押されて、麻衣子の身体は跳ねた。
目の前がチカチカと点滅して、声にならない喘《あえ》ぎ声が上がる。
「もっと、欲しいんですか？　エッチですね」
今度は浅いところから一気に深く貫かれて、息が詰まった。
がつがつと攻められて、ちょっと泣きそうになる。
自分が高みに上《のぼ》っていくのがわかって、麻衣子は縋《すが》るように直樹の背に爪を立てた。
「あ、あぁ、ぁあぁあぁぁっ！」
首を反らし、身体がのけぞる。
目尻から垂れた涙はシーツにシミを付けた。
ピリピリと電気が走る。脳が溶けてなにも考えられなくなっていく。
足の指が広がり、シーツがぴんと突っ張った。

麻衣子の快楽が落ち着いたのは、それから数分後だった。

身体中に玉のような汗が浮かび、麻衣子は肩で息をする。

直樹の硬いものは、いまだ膨れたまま麻衣子の身体の中にいた。

「今日は誰かさんが一度出してくれたので、まだ余裕がありますよ」

「ぁ……」

「もちろん、付き合ってくれますよね」

いつもは優しいはずの瞳の奥が、意地悪な色をしている。

彼は麻衣子の脚を大きく広げ、またがつがつと最奥を抉ってきた。

「あ、あぁっ、ぁ!!　ま、まって!　まってくださ――」

「待ちませんよ。さて、俺が果てるまで麻衣子さんは何回イきますかね」

「やだぁ!　――ぁん」

直樹にゆすられながら、麻衣子は彼を煽《あお》ったことを少しだけ後悔していた。

◆◇◆

新婚旅行最終日、二人は予定通りワイマナロビーチに来ていた。

雨季にもかかわらず、晴天。空の色も水の色も、とても綺麗《きれい》だった。

海ではサーフィンしている人が数人。

まだ気温が高くないためか、泳いでいる人はそんなにいなかった。

麻衣子と直樹は手をつないだまま海岸線を散歩する。

日本にいる時よりも時間の流れが遅いような気がするのは気のせいだろうか。

「なんか、ゆったりで良いですね」

「そうですね。旅行中は予定を詰め込みすぎて、ちょっと忙しかったですからね」

最後の日はゆっくりすると決めていたので、今日の予定はワイマナロビーチしか入れていなかった。

残りの時間をたっぷり使って身体を休めて、明日の朝日本への帰途につく予定である。

「結局、なにもトラブル起きなくて良かったです」

「わかりませんよ。今からなにか起こるかもしれません。麻衣子さんは割とトラブルを持ってくる天才だったりしますからね」

「そうですか？」

「そうですよ」

その時、視界の隅に白いドレスが見えた。

その方向を見ると、カメラに向かってポーズを決める花嫁の姿がある。

結婚式で着るものよりも軽くて薄い素材を使ったウェディングドレスが風と共にはた

めく。

麻衣子はその姿に感嘆《かんたん》の声を上げた。

「わぁ！　あれって、結婚式の前撮りですかね？　花嫁さん、綺麗《きれい》！　モデルみたい！」

「しかし、新郎がいませんね」

直樹の声に麻衣子はあたりを見渡した。

「本当ですね。……あ！　あそこにいますよ！」

新郎はスタッフが立てたであろうテントの中で、なにやら飲み物を飲んでいた。

彼の視線は着飾ってポーズを決める花嫁には一切向けられず、なにやら雑誌を読んでいた。

そのうしろにはヘアメイクであろう女性が控えている。

「なんか、前撮りって感じじゃなくて、雑誌の撮影みたいですね。新郎の人、新婦さんに興味ないみたいですし……」

「そうですね」

「あ、あの人――」

麻衣子は急に声のトーンを撥《は》ね上げる。

視線の先にはパンツスーツ姿の女性がいた。髪の毛を一つに結い上げ、なにやらできる女の雰囲気を漂わせている。

麻衣子たち二人は、その女性を知っていた。

彼女は二人の結婚式のウェディングプランナーをしてくれた女性である。

「南雲《なぐも》さん！」

目が合った瞬間、麻衣子は叫んでいた。

声が届いたのか、南雲と呼ばれた彼女は顔を上げて二人に気づいた。

そして大きく目を見開く。

麻衣子は南雲のもとまで走っていった。

「お久しぶりです。南雲さん！」

「高坂様……」

「結婚式の時は、どうもありがとうございました。おかげでとっても良い式ができました！」

麻衣子は呆《ほう》ける南雲の手を取ると、そう言ってにっこり笑って見せる。

ゆっくり歩いてきた直樹は、麻衣子の肩に手を置いた。

「お仕事中のようですから、邪魔になるようなことをしたらご迷惑になりますよ」

「あ、そうですね！」

麻衣子は慌てて手を離す。

南雲は呆《ほう》けたような表情のまま直樹と麻衣子を交互に見ていた。

「いえ、お気になさらず。……お二人は、新婚旅行ですか？」

「はい」

「……今からのご予定は？」

「特にありませんけど」

その瞬間、南雲の両手が麻衣子の肩をガシッと掴《つか》んだ。

突然の出来事に麻衣子の身体は跳ねる。

「おぉ⁉」

南雲の目は、これでもかと血走っていた。

「麻衣子さん！　図々しいお願いなのはわかっているのですが、もし、もしあなたにお慈悲があるのなら、どうか私たちを助けてもらえないでしょうか⁉」

「へ？」


二人が連れていかれたのは近くにあるホテルの一室だった。

「実は、これなんですが……」

そう言いながら、南雲が差し出していたのは両手に収まる程度のジュエリーケース。

それと、先ほどモデルが着ていたのとは別の白いドレスだった。

「どうやら、飛行機での運搬中に手酷く扱われたらしく、中身が壊れてしまって。ドレスのほうも、レース部分が……」

麻衣子はジュエリーケースを開ける。すると、写真映えのしそうな大ぶりのネックレスとイヤリングが出てきた。しかし、鎖部分が千切れてしまっている。

ドレスのほうは、見てすぐわかる程に、胸元とテール部分のレースが破れてしまっていた。

「実は、うちの会社で新しくハワイのフォトツアーを提供することになりまして、今回はお客さまにお見せするためのイメージ写真を撮る予定だったんです。ドレスは二種類で、もう一式のほうは大丈夫だったんですが、こっちのほうがこんな状態で送られてきまして……」

南雲はうなだれる。

「今回、同行しているのがカメラマンと現地のコーディネーターさん、それと私含むスタッフとモデルさんのみで。誰もドレスやネックレスを直せるような人がいないんです。なので、もしよろしければ麻衣子さんの手をお借りしたいんですが、いかがでしょうか！」

「えっと……」

南雲の圧力に麻衣子は一歩引いてしまう。

しかし、彼女は逃《のが》さないとばかりに麻衣子の両手をぎゅっと握りしめた。

「麻衣子さんが結婚式で使われたドレス、本当にスタッフの中でも評判が良くて、実は買い取らせていただこうかって話も出ていたぐらいなんです！　しかも新婦様の手作りだって私が報告したら、みんな驚いていて……」

「あ、そうなんですか。ありがとうございます」

南雲は土下座するかのような勢いで頭を下げた。九十度は、もうとっくに超えている。

「本当にお願いします！　一応、私が直してみようと思ってミシンや裁縫《さいほう》道具一式をホテルの方にお借りしたんですが、本当に、少しも、直せる気がしなくて！　このお礼は絶対にしますので、どうか!!」

麻衣子は困って頬を掻くと、トルソーが着ているドレスを見た。そして破れている部分に手を這《は》わせ、思案しながら顎《あご》を撫《な》でた。

「えっと、以前の通りにはおそらく直らないと思います。違った形でも良くて、見栄えさえなんとかなってれば良い程度なら……なんとか……」

「本当ですか⁉」

南雲は泣きそうな顔を撥《は》ね上げた。

「はい。あ、でも、買ってきてほしいものがあるのと、お時間が少々かかりますが……」

「具体的にはどれぐらいかかりますか⁉」

「用意ができてから、二時間ぐらい……あれば……」

「十分です！　必要なもの、すぐ用意させますので教えてください!!」

そうして、麻衣子は急遽《きゅうきょ》ドレスを直すことになった。

「いいんですか？　そんな安請け合いして」

スタッフが必要なものを買いに出ている間、麻衣子は借りた「やっとこ」でジュエリーを直していた。

幸いなことに、ジュエリーのほうは丸カンが外れていただけなので、簡単に直すことができそうだった。

「大丈夫ですよ、形はもうあるものなので一から作るわけじゃないですし。それに、助けてって縋《すが》られたのをはねのけるのは、ちょっとできなくて……」

「優しいですね」

「頼みごとを断れないだけですよ。……でも、すみません。直樹さんにまで迷惑をかけてしまって……」

麻衣子は申し訳なく思い頭を下げる。

「俺は大丈夫ですよ。場所が違うだけで、ゆっくりはできますからね。麻衣子さんは気にしないで作業をしてください」

「はい」

優しい彼の言葉に励まされ、麻衣子は作業を進める。

しばらくしてから麻衣子が頼んでいたものが届き、ドレスのほうにも手を付けることができた。

「直樹さん、ちょっと手伝ってもらってもいいですか？」

「え？」

麻衣子が頼むと、直樹はカエルが潰《つぶ》されたような声を上げた。

彼にしては珍しい反応である。

顔が強張《こわば》っているので、あまり気は進まないのだろう。

「大したことは手伝えないと思いますが……」

「大丈夫です。ちょっといろんな糸を使い分けたいので、その針に今から指定する色の糸を通しておいてもらえますか？　私はこっちの作業進めておくので」

「その……糸通しとかは？」

「ないみたいです。でも、針の穴も大きいので、大丈夫だと思いますよ。よろしくお願いしますね」

麻衣子が笑顔でそう頼んだ二十分後。

「直樹さん、できましたか？」

そう聞いた麻衣子が見たのは、針と糸を両手に持ち、ため息をつく直樹の姿だった。

「……まだです」

「へ？」

「一つも通せていません」

「一つも？」

驚きのあまり、麻衣子は目を見開いた。

直樹は唸《うな》るように声を上げる。

「昨日、苦手なものの話をしたのを覚えていますか？」

「はい。一応」

苦手なものがあるかと聞いたのに、結果はぐらかされてしまった時の話だ。

「……実はこういう細かい作業がすごく苦手なんです」

「細かい作業？」

「簡単に言うと、不器用なんです」

「え？　でも、料理とかはできましたよね？」

麻衣子が首を捻《ひね》ると、直樹はまるで忌々《いまいま》しいものを見るような目で針と糸を見下ろした。

「料理は手順通りに正確に作ればいいだけですし、多少練習しました。しかし、こういったことは……。この際だから白状しますが、絵を描くのもすごく苦手なんです。香川からは画伯と呼ばれてます」

「画伯……」

思わぬ弱点に麻衣子は噴き出した。

笑い出した麻衣子を直樹はじっとりとした目で睨《にら》みつける。

麻衣子は溢《あふ》れた涙を人差し指で拭《ぬぐ》った。

「すいません。なんだかとっても可愛く思えちゃって」

「可愛い？」

「はい。スーパーマンだと思ってた直樹さんにも、弱点があったんだなぁって。あと、私が手助けできそうな弱点で良かったです！」

麻衣子は直樹の手から針と糸を受け取る。

そして、慣れた手つきで次々に糸を通していく。

直樹が二十分以上かかる作業を、麻衣子は数秒とかからず終わらせてしまう。

「夫婦って助け合いなのに、私ってばいつも直樹さんに助けられてばかりだから……。なので、ちょっと安心しちゃいました。私にも直樹さんを助けられることがあるんだなぁって。……でも、こんなんじゃまだ対等じゃないですよね」

「いいえ。俺はもう十分に助けられてますよ」

麻衣子は改めて直樹の顔を見た。

彼の微笑んだ顔に、胸が一つ高鳴る。

「君がいなかったら、きっと俺の人生はすごくつまらないものになっていたでしょうからね。君がいてくれるだけで、俺は十分助かってます」

「……そんなこと言いだしたら、私もですよ」

「それじゃ、お互いに助け合っているということで」

二人は顔を見合わせ、同時に噴き出した。

そのまま肩を揺らす。

「とりあえず、そちらの作業は手伝えないようなので、よろしくお願いします」

「はい！　頑張ります！」

そうして、二時間もかからずドレスは完成した。

破れていたレース部分には、買ってきてもらったレースがふんだんに縫い付けられており、胸元には、破れたレースを集めて作ったバラの胸飾りがあった。

元のドレスよりも完成度の高いソレは写真映えもよく、無事、撮影を終えることができたのだった。

そして、最後は――

「ほ、本当にいいんですかね？　しかも、プロのカメラマンさんに撮ってもらうとか……」

直樹はタキシード、麻衣子は自分が手直ししたドレス姿で海岸に立っていた。

互いに髪の毛もちゃんとセットしてあるし、麻衣子は化粧もしてもらっている。

「なに言ってるんですか！　こんなの些細《ささい》な恩返しですよ！　もちろん別途でお礼も考えてるので、安心してくださいね！」

「別にこれだけでも……」

「いいえ！　ダメです‼　じゃないと私の気が収まりません！」

相当恩を感じている南雲の指示で、二人は夕日をバックに並び立つ。

「良かったですね、麻衣子さん。ここで写真撮りたいって言ってたじゃないですか」

「それは嬉しいんですけど……」

カメラマンのうしろにはプロのモデルがいる。

そんな彼女たちの前で写真を撮ってもらうということに、麻衣子は緊張していた。

南雲は満面の笑みで手を叩く。

「それでは、好きにポーズをとってください！」

「ええ⁉　ポーズ⁉　ど、どうしよう……どうすれば……」

麻衣子はおろおろと視線をさまよわせる。

その隣で直樹は余裕の笑みを浮かべていた。

「麻衣子さん」

「はい？」

直樹が腕を引く。

そのまま唇が重なり、同時にシャッターが下りた音がした。

第八章　君と家族を

新婚旅行から二か月が経ち、季節は春。

窓から眺める風景は味気ない雪景色から、色とりどりなものへと変貌《へんぼう》を遂《と》げている。

高坂家では相変わらず、直樹が心配症を爆発させていた。

「またそれだけですか？」

「すみません。ちょっと最近、食欲がなくて」

朝食を残した麻衣子を見て、直樹の眉間に皺《しわ》が寄る。

高坂家では朝食は食パンが常なのだが、麻衣子は一枚の半分も食べていなかった。パンの端を一口か二口食べた状態で残してしまっている。

朝食には他にお湯を注《そそ》いでできるポタージュとサラダがあるのだが、そのどちらにも麻衣子は手を付けていなかった。

直樹は心配そうな顔で、食器を片付ける麻衣子のうしろに立つ。

「もしかして、またダイエットですか？」

「違いますよ。食事制限のダイエットはあの時懲《こ》りたので、もうしません」

「なら、なぜ？」

「さぁ。新婚旅行の時の疲れが時間差で出たのかもしれませんね」

心配をかけさせないように意図して朗《ほが》らかに笑うと、直樹は麻衣子の頬をぎゅっと両手で挟み込む。

「前もそんなこと言ってましたよね？　そろそろ病院に行ったほうがいいんじゃないですか？」

「そう、ですね。でも、大丈夫ですよ！　少し、胸がむかむかとするだけですし、大したことではないと思います。もう少し様子を見て、続くようなら病院に行きますね！」

「……」

食欲がないと言っても本当に大したことはないのだ。少し胸のむかつきがあるだけで体調のいい日もある。

確かに長引けば少し怖いが、まだ病院は検討しなくてもいい段階だろう。

そう思っていたのだが――

「消化性潰瘍《かいよう》、うつ病、神経性食欲不振症、悪性腫瘍《しゅよう》……」

直樹は突然お経のように、考えうる病名を列挙していく。

「睡眠時間が十分に取れていない可能性もありますし、恋煩《こいわずら》いという可能性も……」

「恋煩《こいわずら》い？」

思わぬ可能性に、麻衣子は呆《ほう》けた声を上げてしまう。

直樹は人差し指で眼鏡を押し上げた。

麻衣子を心配しているためか、その顔色は良いとは言えなかった。

「相手が俺じゃない場合は要話し合いですね。言っておきますが、俺は君に俺以外の好きな人ができても、渡す気はありませんからね」

「いや、その可能性はないので、そこまでの心配はしなくても大丈夫ですよ」

「それは良かったです」

麻衣子の答えに、直樹の顔が一瞬だけ緩む。しかし、すぐに引き締まった。

「それならばつまり、……病気ですね」

「病気？」

「特に消化器系の病気は怖いと言いますからね。……どうしましょうか、この辺で一番大きな大学病院は……」

「大学病院⁉」

病院に行くと言っても、その辺のクリニックなどのつもりだった麻衣子は、素《す》っ頓狂《とんきょう》な声を上げる。

　今まであまり重篤《じゅうとく》な病気になったことがない麻衣子にとって、大学病院というのは大きな手術を控えた患者が行くところというイメージが強い。

　食欲がないからといきなり赴《おもむ》いて良い病院なのだろうか。そもそも診てくれるのか。それさえもわからない。

「そんな大げさにしなくても大丈夫ですよ！　食欲がないってだけの話ですし……」

「食欲は人間の三大欲求の一つですよ？　それが欠けているということは、それなりに重篤《じゅうとく》な容態のはずです」

「いや、多分疲れただけとかでもあり得ると思いますよ？」

「しかし、病気が隠れている可能性もあるはずです」

「それは確かにそうですが……」

　なにかを検索しているのか、手にはいつの間にかスマホが握られていた。

「どうせかかるなら精密な検査をしてくれるところのほうがいいでしょう？　せめてＭＲＩが撮れるような病院に行かなければ……」

「ＭＲＩ？」

　頬を引きつらせる麻衣子をよそに、直樹はさらに続ける。

「もしもの時を考えて、先進医療にも理解がある病院が良いですよね。そして、消化器系に強い名医がいるところをピックアップして……。そうなると県内にはありませんから、飛行機で……。よし！　麻衣子さん、今日から二人で九州《きゅうしゅう》に……」

「私、今日病院行ってきます！　近所の！　徒歩五分のところの!!」

直樹の暴走を止めるには、もうその選択肢しか残されていなかった。


その日の午前中、麻衣子は近所の内科に向かった。

もちろんMRIなどない小さな病院だ。

しかし、病院の評判が良いのか、平日にもかかわらず患者の数は多く、受付にもたくさんの人が並んでいた。保険証をもち、受付の列に並ぶ。

「直樹さんってば、本当に心配症なんだから……」

順番を待ちながら、そうひとりごちる。

心配されるのが嬉しくないわけではない。

直樹が心配してくれるのは、麻衣子のことを大切にしてくれている証拠だからだ。

ただ、彼の心配はいつも度が過ぎている。

今回だって、普通の病院に連れていってくれるというのなら麻衣子だってついていこうとしたが、いきなり九州の大学病院に向かうと言い出されたら、それは反発もしたくなる。

「高坂さん」

ようやく受付の順番が回ってくる。

受付のおねぇさんは、「お願いします」と問診票を差し出してきた。

麻衣子は待合室の椅子に座り、問診票に書き込みをしていく。

（『今日はどのような症状でお越しですか？』。えっと……『最近食欲がなく、たまに吐き気があるので』っと。アレルギーは『いいえ』に丸でしょ……）

記述式の質問もあるが、基本的には『はい』か『いいえ』に丸を付けていく簡単なものだ。

麻衣子はさらさらと問診票を埋めていく。

しかし、ある項目を見た瞬間、麻衣子はぴたりと動きを止めてしまった。

『妊娠していますか？　はい・いいえ・どちらともいえない』

（そういえば、先月生理来たっけ？）

その可能性をまったく考えていなかった麻衣子である。

確かに、避妊をしなくなって久しい。

しかも、あんなふうに毎晩のように抱かれているのだ。麻衣子は自分の排卵日を理解していないが、数打てば当たる戦法でもそろそろ命中する頃合いだろう。

麻衣子は下腹部を撫《な》でる。

「え。まさか……」

◆◇◆

その日、直樹は駆け足で家路についていた。もちろん定時上がりである。

いつもは一時間ほど残業することもあるのだが、ちょうど仕事が早く終わり、急ぎの案件がなかったので、定時で上がったのだ。

その理由は、ひとえに麻衣子の診断結果が気になったというのがある。

（とりあえず、帰ったら診察結果を聞かなければ。なにか異常が見つかったらすぐに良い病院を探して……）

すぐにあらぬ心配をしてしまうのが彼の悪い癖である。

直樹はマンションにつくと、すぐに鍵を開け、部屋に飛び込んだ。

「麻衣子さん！」

「え⁉　直樹さん！」

振り返った麻衣子は、なぜか妙に嬉しそうだった。

「すみません。まだ料理作ってる途中なんです。向こうで少し待っていてもらえますか？今日は直樹さんの好きなものいっぱい作りますからね！」

嬉しいというより、喜んでいる様子の彼女に直樹は首を捻《ひね》る。

（なにも異常がなかったんでしょうか）

　確かに異常がなかったのなら、それは喜ばしいことだろう。

　しかし、普通こんなに笑顔になるものだろうか。

　直樹はソファのほうへは行かず、キッチンに立つ麻衣子に近づいた。

「麻衣子さん、今日病院へは？　先生はなんと？」

「えっと、行ったんですが、診察は受けずに帰ってきてしまって……」

「は？　なぜ⁉」

「えっと、実は体調不良のことでもう一つ思い当たることがありまして、自分で調べてみたんです……」

　先ほどとは打って変わって、麻衣子はもじもじとどこか恥《は》ずかしそうだ。

　診察を受けていないと聞いた直樹は顔をしかめた。

「なぜ、そんな素人《しろうと》判断を……」

「でも、ちゃんと検査薬使ったので間違いないと思います！」

「検査薬？」

　麻衣子はキッチンから離れると、机の上に置いていた棒のようなものを直樹に差し出す。

　ピンクと白の棒には丸い窓が二つ付いていて、どちらにも赤色の線が引かれていた。

「これは……」

「あ、あの！　赤ちゃんができたみたいなんです！」

「へ？」

直樹は固まる。

状況がうまく呑み込めなかったからだ。

言葉は理解できるのに、突然のこと過ぎてなぜかそれがすっと頭に入っていかない。

「あ、あの、直樹さん？」

麻衣子が不安げな声をだす。

彼女の顔を見て、直樹はもう一度手元の検査薬を見下ろした。

じわじわと心臓から温かいものがこみあげてくる。

そうして、気がついた時には彼女を抱きしめていた。

「な、直樹さん⁉」

「麻衣子さん、本当ですか⁉」

「ほ、本当です！」

「麻衣子さん、ありがとうございます」

そうしてもう一度直樹は麻衣子を抱きしめた。

◆
◇
◆

「つまり、そこまではいい話だったってことよね」

「いや、まぁ。うん」

一週間後、二人が住むマンションで麻衣子と結花は会っていた。

本当ならば、いつものカフェで会う予定だったのだが、現在麻衣子には『外出禁止令』が出されていた。

もちろん、出したのは稀代《きだい》の心配症男こと、直樹である。

「まったく、相変わらず心配症なのね」

「むしろ子供ができて、余計に酷くなっちゃったみたいで……」

「いやまぁ、気持ちはわからなくもないんだけどね」

子供ができたと知った瞬間から、直樹の心配症はエスカレートした。

まず、麻衣子に家事全般をやらせたがらなくなった。

それに、重いものを持っていたら怒られるし、不用意に歩き回っていても注意される。

さらに外出しようものなら、会社を休んでついていくと言い出し、それに反抗して昨日一人で外出をしたら今度は『外出禁止令』を食らってしまった。

彼曰く『麻衣子さんはそそっかしいんだから、どこで転《こ》けてお腹を打つかわかったものじゃないです！　お願いですから、外出は控えてください！　二人分の命を背負っているとくれぐれも忘れないように』だそうだ。

いつぞやと同じような、いやそれ以上のお世話のされっぷりに、まるで自分が赤子になった気分になってくる。

「仕事は許してもらったんだけど、毎晩九時には寝ないと怒られるから、今回はあんまりたくさん卸せないかも」

「それは良いけど、あんたも大変ねぇ。香川さんに言ってもらおうか？」

「それは、大丈夫……だと思う」

香川からなにかを言われて変わるような感じではない。

これは近々、家族会議が必要な案件だろう。

ちなみに結花と香川はいまだに友達以上恋人未満の距離感のままである。しかしながら、最近は二人でよく出かけているので、そろそろ付き合い始めるのではないかと麻衣子は見ている。

「けど、赤ちゃん生まれたら大変そうね。相当過保護なパパになるわ」

「あはは……」

それは麻衣子にも容易に想像ができる。

性別のわからない今の段階で名前の候補を男女共に二十個ずつ挙げている人間だ。むしろ過保護にならないほうがおかしいだろう。

「で、過保護すぎて夜のほうがご無沙汰《ぶさた》になったと」

「へ？」

「顔に書いてあるわよ。何年友達やってると思ってるのよ」

麻衣子はぺたぺたと顔を触る。

その行動がおかしかったのか、結花は肩を揺らしながら笑った。

そうなのだ。直樹はまったく麻衣子の身体に触れてこなくなったのだ。前までは二日とおかず求められていたのに、こうなるとなんだかちょっと物足りない気分になってくる。

「別に異常がないなら、妊娠中もそういうことしても良いんだから、直樹さんに相談してみたら？」

「……良いのかなぁ」

「ま、してくれるかどうかは別問題だけどね。でも、相談はしても良いんじゃない？　このままじゃ、ちょっと寂しいでしょう？」

その親友の言葉に、麻衣子は頬を押さえながら「そうだね」と返した。


そして、三日後の夜――

「それではおやすみなさい」

そう言って明かりを消した直樹の背に、麻衣子は擦り寄った。

あまりない麻衣子の積極的な行動に、直樹は身体を跳ねさせる。

「あの、直樹さん」

「どうかしましたか？」

「今日……しませんか？」

頬を染めながら、思い切って提案してみる。

結婚式をしてから一週間前までほとんど毎日枕を交わしてきたのだ。

求められていなくても、夜になると身体の中心が少しむずむずしてきてしまう。

直樹もそういうことがしたくないわけではないのだろう、目尻を赤く染めながらも、なにかに耐えるように麻衣子から視線をそらした。

「いや、しかし……」

「べ、別に妊娠中にそういうことしても問題ないみたいですし。今日検診だったので、先生にも聞いてみました！」

「……そんなこと聞いたんですか？」

「な、直樹さんが、心配しちゃうといけないと思ったので!!」

こういうことを言えば「それじゃあ、次の検診の時に先生に聞いてみましょう」と言われるだろうことはわかっていた。

なので、あらかじめ手を打っていたのだが、少し積極的すぎだっただろうか。

麻衣子はそう思いながらも、うしろから直樹を抱きしめた。

「最近、触ってもらえてないので寂しかったんです。……子供だけじゃなくて、私も甘やかしてもらえませんか？」

甘えるようにそう言った瞬間、直樹が身体を麻衣子のほうに向けた。

そのままぎゅっと抱きしめてくる。

「あぁ、もう。本当に麻衣子さんは可愛いですね」

「えっと、ありがとうございます」

「俺だってしたかったんですよ」

「なんとなく、そんな気がしてました」

すねるような口調の直樹に、麻衣子は笑みを零した。

直樹の腕の力が弱まる。

「今日は、やっぱりしてくれませんか？」

「まさか。好きな女性にそこまでお膳立《ぜんだ》てされて、しない男なんていませんよ」

向かい合った二人は、どちらからともなく額《ひたい》を重ねた。

かかる吐息でさえも愛おしい。

「今日は、ゆっくりしましょうね」

「はい」

麻衣子は、はにかみながら頷いた。

直樹の愛し方はいつも丁寧だ。

しかし、その日はいつもの数倍、ゆっくりで丁寧な愛撫だった。

上にのしかかると体重がかかってしまうので、直樹は麻衣子を膝に乗せ、うしろから彼女の胸を揉《も》む。

「……ん」

「寒くないですか？」

さらされた身体を労わりながら、彼はそれでも愛撫をやめなかった。

直樹の手が下腹部に伸びる。

いつもならそこから迷わずショーツの中へ手を伸ばすのだが、彼の手は彼女の腹部をゆっくりと撫《な》でた。

「ここに新しい命が宿っていると思ったら、なんだかちょっと不思議ですね」

「そうですね」

「なにかがいる感覚はあるんですか？」

「いいえ、いつもと変わらないです。でも、早く実感したいなぁって、そう思います」

麻衣子は腹部に視線を落とす。そこはまだ目立ってはいなかった。

妊婦らしく大きく張ってくるのは、もう少し先の話だろう。

今のところ悪阻《つわり》なども酷くないので、麻衣子は自分が妊婦だとは正直あまり実感がなかった。

「ここにいるのは、男の子ですかね。女の子ですかね？」

「どっちでしょうか。直樹さんはどっちが良いですか？」

直樹を見上げる。

彼は難しい顔で顎《あご》を触った。

「俺は……そうですね。もちろんどちらでも嬉しいですが、男の子だと一緒に遊んであげられるなって思いますね。麻衣子さんは？」

「私は女の子が良いですね。いろいろお洋服作ってあげたいです！　女の子って着せ替えのし甲斐がありそうじゃないですか！　もちろん、男の子でも嬉しいのは変わりませんけどね！」

枕を交わす前とは思えないほどの穏やかな会話が続く。

直樹はうしろからぎゅっと麻衣子を抱きしめた。

「子供の情操教育《じょうそうきょういく》上、両親は仲が良いほうが好ましいそうですよ」

「そうなんですね。それじゃ、ますます仲良くしないといけませんね！」

「はい。なので、お腹の中にいる時からしっかり仲の良いところを見せないと」

直樹の手がショーツに滑り込んでくる。

突然赤い実を摘まれて、麻衣子は身体をくの字にさせた。

「――っ！」

「両親の仲が良いと、子供の学力が上がるとかって話も。……嘘か本当かわかりませんけどね」

ちゅく、と長い指が割れ目をなぞる。

麻衣子は頬を膨らませながら直樹を振り返った。

「仲が良いって、こういうことじゃないと思います！」

「こういうことも含めて、ですよ」

たっぷりと蜜を付けた直樹の指が、麻衣子の中に侵入してくる。

もうすでに潤《うる》んでいるそこは、直樹の指を簡単に呑み込んだ。

いきなり二本。根本までしっかり入ってしまっている。

麻衣子は切なくて熱い息を吐いた。

「それとも、麻衣子さんはしたくないんですか？　今日は君がねだってきたのに」

「そういう、わけじゃ、ない、です。直樹さんとは、もちろん、したい、です。ただ……」

「ただ？」

「子供のため、とか、そういうんじゃなくて。普通に、直樹さんに、求めてほしいなぁって……」

指を出し入れされるたびに声を詰まらせて、麻衣子はそう言う。

そのけなげな言葉に、直樹は一瞬だけ目を見開き固まった。そして、たまらないというように、彼女の頤《おとがい》を掴《つか》んでキスを落としてくる。

唇を食《は》まれ、甘い声が麻衣子から漏れた。

「んはぁ……」

「確かに言い訳なんかいりませんね。俺は君を愛しているから抱くんです」

「わ、私も、直樹さんのこと愛してますよ？」

「そこで張り合わなくてもいいんですよ。……十分、わかっていますから」

直樹はベッドのサイドテーブルの引き出しから避妊具を取り出した。

それを見て、麻衣子は目を瞬《またた》かせた。

「えっと、つけるんですか？」

「はい。妊娠中にはつけたほうがいいそうですよ。君が妊娠したとわかってから、すぐに調べました」

さらりとそんなふうに彼は宣《のたま》う。

麻衣子は数秒考えた後、半眼になった。

「……ということは、直樹さんもそういうこと考えてたんですか？」

「はい。結婚式までの三か月でもあんなに辛かったので、子供が生まれるまでの十か月なんて我慢できる気がしなかったものですからね。まぁ、君の身体が最優先ですから、言い出せなかったんですが……」

苦笑気味にそう言われ、麻衣子は口をすぼめた。

「言ってくれても良かったのに……」

「君がそんなに求めてくれるだなんて思わなかったんですよ」

彼は麻衣子の前髪をさらりと撫《な》でた。

「俺の奥さんは、本当に可愛いですね」

直樹はショーツを取り払い、向かい合った状態で麻衣子を膝立ちにさせた。

麻衣子の脚は彼の脚を跨《また》いだ状態で、彼の持ち上がった切っ先は今にも彼女の潤《うる》んだ溝《みぞ》に押し入ってしまいそうだ。

「麻衣子さん、自分で挿れられますか？」

「自分で？」

「はい。自分で挿れてみてください」

猛《たけ》った切っ先が入り口に触れる。

麻衣子は身体を跳ねさせた。

「む、無理です！　そんなこと、今まで……」

「大丈夫ですよ、入ります。もうここは俺の形を覚えていますからね」

「そういうことじゃなくて！　あの、恥《は》ずかし……くて……」

頬を熱くさせながら、麻衣子はうつむいた。

しかも、上に乗るのも初めてだ。いつもは彼に押し倒されたまま事が運ぶので、仰向けかうつぶせになった状態でしか、まだしたことがない。

「前から攻めても、うしろから攻めても君の体に負担をかけそうですからね。これなら、君のペースで進められますし」

「そうですけど……」

「大丈夫ですよ。ちゃんとリードはしてあげます」

麻衣子は数秒迷うようにしていたが、ゆっくりと腰を落としてきた。

「ふぁんん――」

麻衣子は直樹の頭を抱え込みながら彼の大きなものを呑み込んでいく。

「んんっ」

「そう、その調子です」

ゆっくりと貫かれるのは、想像以上に苦しかった。

これなら一思いに……とも思うのだが、一気に腰を落とすのは怖くてできなかった。

「んっ、はぁ……ぁ……」

麻衣子の身体は懸命に直樹の矛先を迎え入れる。

八割ほど入ったところで直樹の先端が麻衣子の奥にあたった。

「直樹さん。もう、これ以上は……」

「大丈夫ですよ。いつもはちゃんと全部入っていますから」

「でも、もう……」

「麻衣子さん、しっかり掴《つか》まっていてくださいねっ――」

直樹は麻衣子の腰を掴《つか》むと、一気に押し上げてきた。

「ひゃんんーーっ！」

「ほら、……入った」

見れば、ぴったりと直樹と麻衣子の身体はつながっていた。

これでもかと開かれた入り口がジンジンと痛い。

麻衣子の身体は小刻みに震えていた。

「大丈夫ですか？」

「ん……」

「もしかして、少しイっています？」

「だれの、せいだと、思ってるんですか……」

「今、動かしたら怒りそうですね」

「怒りまっ――ぁあぁ！」

麻衣子のその声と共に、直樹が彼女の腰をぐるりと回した。

まるで入り口を広げられるような回し方に、麻衣子はふたたび小さく達してしまう。

「怒りました？」

意地悪く聞いてくるあたりが、ちょっとだけ憎らしい。

麻衣子は身体を震わせながら、無言で直樹を睨《にら》みつけた。

しかし、彼は「怒った姿も可愛いですね」と鼻の頭に唇を落としてきただけだった。

直樹は麻衣子が落ち着くのを待ってから、彼女の体をゆすり始めた。

腰を浮かされ、下から突き上げられる。

「あ、ぁん、あ、ぁあっ！」

いつもよりもゆっくりと突き上げられているはずなのに、なぜか快感はいつもよりも強かった。

体勢のせいか、先ほど達したせいか、それはわからない。

頭の芯がじゅくじゅくに溶けて、突き上げられるたびに、もうなにも考えられなくなってくる。

「あ、ぁ、あぁ、んぁ、あぁんっ！」

麻衣子は必死に直樹に縋《すが》りつく。

身体に力を入れていないと、持ちそうになかった。

直樹は麻衣子を突き上げながら苦しそうに息を吐く。

「なんだか、今日は一段と締め上げてきますね。……まるで、搾《しぼ》り取られているみたいです」

「ふぁ、ぁぁあ、あぁ、あぁぁっ！」

あられもない声を上げて、麻衣子は快感にあらがっていた。

だらしなく開いた口から、唾液《だえき》が流れそうになる。

「そんなに気持ち良いんですか？　それなら――」

直樹は腰を打ち付け最奥を抉った後、長いストロークで引き抜き、ふたたび麻衣子の腰を引き寄せた。

「――っ！」

麻衣子は思わず歯を食いしばった。

彼のモノが麻衣子の中のすべてを擦り、最奥を押し上げる。

涙が目の縁《ふち》にたまった。

直樹はふたたび、自《みずか》らの猛《たけ》りをゆっくりと引き抜き、そして素早く彼女の身体にねじ込んだ。

「ぁあぁぁっ！」

「ゆっくりも気持ちが良いですよね」

何度も何度も、彼は執拗《しつよう》にそれを繰り返す。

正直、快感が強すぎて頭がおかしくなりそうだった。

「なおき、さ、も……」

「嫌なんですか？　そんなに気持ちが良さそうなのに」

「きもち、よすぎて、もう、へんになっちゃ……」

「変になってもいいんですよ。……ただ、俺ももう限界なので、そろそろ……いいですか？」

この快感の波が苦しすぎて、麻衣子は何度も首を縦に振った。

すると、中のモノが大きく膨らみ、抽挿《ちゅうそう》が急に速くなった。

「んあ、あぁあ、あぁんあぁぁっ!!」

激しい抽挿《ちゅうそう》に麻衣子も押し上げられる。

「麻衣子さんっ、一緒に――」

「――っ！」

麻衣子は直樹に抱き着いた。

彼も彼女を抱きしめる。身体が震えた。

その瞬間、彼の猛《たけ》りが熱を吐き出したのがわかった。

エピローグ

十か月後――

「由芽《ゆめ》！　まだお前は頭を自力で支えられないんだから、寝返りは打たないでください！　何度言ったらわかるんですか！　せめて、もう少し首が完全に据わるまで、待っててもいいでしょう！」

「直樹さん、赤ちゃんに言ってもわかりませんって」

大方の予想通りに、直樹の心配症は子供ができたことによりさらに悪化していた。

ベビーベッドの中には生後三か月になる、女の子がいる。

「由芽は麻衣子さんに似て、向こう見ずですね。ほんと、先が思いやられます！」

「まだわかりませんよ。こんなに小さいんですし。今から直樹さんに似てくるかも」

「いえ。俺は小さい頃からもっと慎重でした！　寝返りは首が据わってからにしようと決めていたにきまっています！」

「そんな赤ちゃんいませんよ」

麻衣子はベビーベッドの中にいる可愛らしいわが子と直樹を交互に見て頬を緩ませた。

直樹は真剣な様子で、まだしゃべれもしない赤子を見下ろす。

「仕方ありません。それなら、君が怪我をしないように俺がしっかり見張っててあげましょう！」

「まったく、由芽のパパは心配症ですねぇ」

「いいんです。家族を想ってのことですから！」

直樹は口をへの字に曲げる。

そんな彼の頬に麻衣子はキスを落とす。

「じゃ、頑張ってくださいね。パパ」

「もちろんです。……麻衣子さんのことも、もちろん俺が守りますからね」

「はい。お願いします」

二人は微笑みあう。

そして、そのまま二人はどちらからともなく唇を重ねた。

パパは心配症

書き下ろし番外編

「パパなんか、嫌い！」

そう言われた瞬間、雷に打たれたように、直樹の全身に電流が走った。ものすごい衝撃で立っていられなくなり、フラフラとたたらを踏んでしまう。言った本人は相当おかんむりらしく、頰を膨らませながら、もう一度雷を落とした。

「大嫌い！」

高坂由芽、四歳。高坂直樹と高坂麻衣子の間に生まれた、可愛い可愛い天使のような女の子である。顔立ちはどちらかといえば麻衣子似で、細かいところに気がつく性格は直樹のものを引き継いだ。トレードマークはキュアウィッチというアニメの影響でし始めたツインテールで、前髪にはこれまたキュアウィッチを意識した星型のピンがつけられていた。

顔を真っ赤にして怒る由芽の後ろで、麻衣子が彼女を窘《たしな》める。

「こら、由芽ちゃん。パパにそんなこと言っちゃダメでしょ？」

「だってパパ、由芽に何もさせてくれないんだもん。あれしたらあぶない。これしたらあぶないって……」

今にも泣きそうな由芽の前に、麻衣子は膝をつく。

「でも、そうね。確かにパパも、ちょっとやり過ぎちゃったかもしれないわね」

「麻衣子さんまで⁉」

「だって、……これですからね」

麻衣子が視線で指す先には、空き箱で完璧に作り上げられた〝猫〟があった。空き箱のパッケージは完璧に色画用紙で隠されており、顔も色画用紙を丁寧に切って作られている。さらには尻尾を回すと四本の足が器用に動いて歩き出す仕様になっていた。

実は、由芽の通っている幼稚園で、週末に一人一個ずつ空き箱工作をしてくるという宿題が出ていたのだ。彼女はこの宿題をとても楽しみにしており、土曜日の朝から意気揚々《ようよう》と作業を始めたのだが、それを見ていた直樹の心配症が爆発。

「ハサミは指を切るかもしれないから、パパに任せなさい」

「のりは誤飲するかもしれないから、パパが塗ってあげるね」

などと言って、由芽の工作を直樹がほとんど一人で作り上げてしまったのである。その作品は、どこからどう見ても五歳児が作ったとは思えないほどの完成度を誇っていた。

「直樹さん、器用になりましたよね」

針に糸も通せなかった過去を思い出しているのだろう、麻衣子はしみじみそう言った。

直樹はどこか誇らしげに胸を張る。

「こんなこともあろうかと、工作の練習をしていてよかったです」

「直樹さん必死でしたもんね」

そんな、のんきな夫婦とは対照的に、由芽の機嫌はすこぶる悪い。

「とにかく、こんなの持っていけない！」

「どうしてですか？」

「ももぐみさんのお友達に『パパが作ったんだろ』って言われちゃうでしょ！」

由芽はそう言うと、直樹の猫には目もくれず新しい空き箱を取り出した。

「もうママに見てもらうから、パパはこっち来ないで！　口出さないで！」

「由芽……」

「もう！　パパのしんぱいしょう！」

その明らかな拒絶に直樹はしばらく固まり、動けなくなった。

◆◇◆

翌日――

「いやぁ、それはマジで構いすぎだと思うぞ？」

話を聞いた香川の第一声がそれだった。場所は、会社内の食堂。昼休憩に入ったそこは気の抜けた喧噪《けんそう》に包まれていた。

香川はあれからめでたく結花と結婚した。山あり谷ありの大恋愛と本人は言っていたが、見ている分には二人の恋愛は順調で、結婚の報告を聞いた時も、さして驚きはしなかった。今は三歳になる娘、恵実《めぐみ》と三人仲良く暮らしている。奥さん同士が友人で、自分たちも大学時代からの腐れ縁。さらに子供の年齢も近いとなると、これほど相談に適した相手もおらず、最近ではお互いに家庭のことを話し合うようになっていた。

「それで、麻衣子さんは、なんて言ってるんだ？」

「『心配するのも大切ですけど、もう由芽ちゃんも赤ちゃんじゃないので、もうちょっと離れたところから見守ってあげましょう』って……」

「まぁ、麻衣子さんの言うとおりだな」

「でも、由芽はまだ五歳ですよ？　大人が導いてあげなくて誰が導いてあげるんですか？」

「だとしても、子供の工作を大人が作るのはよくねえだろ？」

「それは……反省しています」

確かにあれはやりすぎだったと自分でも思う。麻衣子の言うことももっともだ。しかも、心配症から端を発したいきすぎた完璧主義があの場面で発揮されてしまい、無駄に完成度高く作品を仕上げてしまった。自分が逆の立場でも怒るかもしれない。

「知ってるか？　過保護って行きすぎると虐待になるらしいぞ」

「虐待⁉」

あまりの衝撃に声が大きくなってしまう。虐待なんて、自分から一番ほど遠い言葉だと思っていたのに、自分がもしかしたら由芽の成長にとって良くないことをしているのかもしれないと思うと肝がすっと冷えた。

「ま、虐待ってのは大げさな例だけどな。でも、あんまり構いすぎると、マジで嫌われるぞ？　お前の性格は知ってるけど、ほどほどにな？」

そんな忠告と共に昼休みは終わりを告げた。

午後の業務の間、直樹の頭の中には香川の忠告が巡っていた。もちろんそれで仕事を失敗したりはしないのだが、どこか上の空だということは自覚できて、直樹は普段ならつかないだろうため息を仕事中に何度も零した。

『でも、あんまり構いすぎると、マジで嫌われるぞ？』

（いや、さすがにそれはないだろう）

直樹は家路につきながら、小さく首を振った。

由芽はパパっ子だ。少なくとも自分はそう思っている。普段は仕事でなかなか一緒にいられないが、休日はいつもべったりと一緒にいるし、二人でだってよく遊びに行く。少し前だって、二人で手をつないで麻衣子の誕生日プレゼントを買いに行ったりもした。

香川の心配はもっともだが、だとしてもきっと嫌われるまではいってないだろう。もしまだ機嫌を損ねているようなら今週末にでも、二人でどこかに出かけて話をする時間を設けてもいいかもしれない。

そう思っていたのに――

「今週の土曜日ね。由芽、ママとお出かけするから、パパは絶対についてこないでね？」

その言葉を言われた瞬間、直樹に二度目の電流が走った。

◆◇◆

それから瞬《また》く間に土曜日になった。

「パパ、いってきまーす！」

「すみません、直樹さん。お留守番お願いしますね」

そう言って二人は出ていってしまった。ガチャンとしまった扉の音が空しく玄関に広がり、寂しさが胸にじわじわと広がる。これまでだって麻衣子と由芽が二人で出ていくことはあったが、ここまでの寂しさは感じなかった。もしかして、本当に自分は由芽に嫌われたのだろうか。そう思うとさらに切なさが胸を刺した。

(まぁ、考えたって仕方がないですよね。帰ってきてまだ機嫌が悪いようなら、その時話を聞くことにしましょう)

正直、最近の由芽の機嫌を悪いとは思わなかった。いつも通りに元気で、いつも通りに明るくて、いつも通りに甘えてきてくれていたからだ。だから今日の今日に至るまで由芽の機嫌は直ったとばかり思っていたのだが、出かける直前「パパはついてきちゃだめだからね? やくそくね?」と念を押されたので、やはり何か思うところがあるのだろうと思い直した。

(……とりあえず、一人でいるうちに家のことでもしましょうか。今日は布団も干したいと思っていましたし、換気扇と洗濯槽の掃除も前々からやろうと思っていたので、忙しいですね)

そう思いながらリビングに入ると、なんだかとても部屋が広いように感じた。いつもの一・五倍、いや二倍ぐらいの広さに感じられる。人がいないので広く感じるのは当然かもしれないが、そこには言い表せない寂しさが広がっているようで、なんだか少し感傷的になってしまう。

「麻衣子さんと出会うまでは、一人の方が気楽だと思っていたんですがね」

直樹はそう言葉を漏らす。

麻衣子に出会ったのは、ほんの数年前の話だ。彼女と出会ってからの人生と、出会うまでの人生だったら、まだ出会う前の人生の方が圧倒的に長い。なのに、出会ってからの時間の方が明らかに濃くて、なんだか自分の人生を自分が生きている、という感覚になるのだ。その感覚は由芽が生まれてからさらにはっきりしてきた。

「でも、そういえば最近、麻衣子さんとはパパとママとしての会話しかしていませんね」

やることはやっているし、由芽が寝た後は夫婦としての会話をしているのだが、やっぱり圧倒的に父親として、母親としての会話が増えた気がする。現実的にもう父親と母親なのだからそれでいいのだろうと思う反面、彼女と以前のように甘いひとときを過ごしたいと思う自分もいた。

そんなことを考えていた時だった。ぴんぽーん、と気の抜けた音が背後から聞こえてくる。玄関のチャイムが鳴ったのだ。直樹は踵《きびす》を返して玄関へと戻り、鍵を開ける。そして、扉を開けた。

「やっほー！」

そこにいたのは香川だった。

「いやぁ、結花ちゃんがさー。『由芽ちゃんと麻衣子が来るからちょっと出て行ってて！　直樹さんも暇してるだろうから、おうちにでも行ってきたら？』って言うもんだからさー」

リビングに入った香川は、ここに来た理由をそう説明した。

「あぁ、二人はそちらにお邪魔してたんですね」

「あ、もしかして知らなかったのか？」

「ええ。何度聞いても教えてくれなくて……」

直樹は由芽にも麻衣子にも『土曜はどこに行くんですか？』と何度も聞いた。その時の二人の返しは決まっていて、『パパにはないしょー！』『由芽ちゃんが怒るから、秘密です』と微笑まれたのだ。

香川は勧める前にソファーに座り「あー、つかれたー」と謎のおっさんらしい声を出す。直樹が彼の前にお茶を出すと「お前、やっぱり気が利くなぁ」とニコニコしながら口をつけた。

「でも、楽しみだよなぁー」

浮かれた声を出す香川に直樹は「何がですか？」と眉間の皺《しわ》を深くした。すると、香川は目を大きく見開き、素《す》っ頓狂《とんきょう》な声を出す。

「え？　お前もしかして気がついてないの？」

「何にですか？」

「まぁ、お前ならそうだろうなぁ」

香川は意味深なことを言いながら、ニヤニヤと唇の端を歪めた。その、人を小馬鹿にしているような表情に直樹の声はワントーン低くなる。

「俺に何を隠してるんですか？」

「いや、別に隠しているわけじゃなくてな。普通はこういうの、気がつくもんなんだよなー」

「は？　俺が何か見落としてるって言いたいんですか？」

意味がわからないというような声を出せば、香川は立ち上がり直樹と肩を組んだ。そして、大げさにばんばんと肩を叩いてみせる。

「ま、二人が帰ってくるの、楽しみに待っていようぜ。久々に男同士水入らずでさ」

その提案に心底嫌そうな表情を返せば、香川も「いや、俺だって結花ちゃんの方が良かったわ」と真顔でツッコんできた。


二人が帰ってきたのは、それから数時間後のことだった。日はすでに西に傾き、もうすぐ夜がやってこようとしている。

「パパー！　ただいまー！」

玄関の扉を開けると同時に由芽は元気よく声を上げた。その声に直樹と香川が玄関の方へ行くと、麻衣子が「ただいま帰りました」と扉をくぐるところだった。そして、もう一人の姿がある。

「お邪魔します。旦那を迎えにきました」

「結花ちゃん！」

玄関に入ってきたのは、結花だった。どうやら本当に香川家にお世話になっていたようだ。娘の恵実は近くに住む結花の母親の世話になっているらしく、隣にはいない。

靴をきちんと揃えている由芽に、直樹は優しい声をかける。

「今日は楽しかったですか？」

「うん！　すっごく楽しかった！　めぐちゃんともいっぱい遊んだんだよ！」

「それは良かったですね」

前々から家族ぐるみで付き合っているからか、由芽は香川夫妻にとてもよく懐いていた。恵実とは親友と言っても過言ではないほど仲良くしており、香川家から帰ってくると「もっと香川さんちにいたかったー！　めぐちゃんと遊びたかったー！」と駄々をこねて二人を毎回困らせるのだ。

由芽はリビングに入るや否《いな》や、背中に何かを隠して、ただでさえピンク色のほっぺを、さらにピンク色に染めた。

「今日はね、パパにプレゼントがあるんだー」

「プレゼント？」

直樹が首を捻《ひね》ると、由芽は「これ！」と背中に隠した何かを差し出してくる。

「これは？」

「バレンタインデーのチョコレート！　ちょっと早いけどね！」

彼女の手に載っていたのは透明の袋に入ったチョコレートマフィンだった。上にはピンク色のチョコレートでハートが描かれている。さらにはリボンにまで『パパいつもありがとう』というメッセージが、たどたどしくも書き添えられていた。

直樹は香川の方を見る。すると彼は、やっぱり気づいてなかったな、というような顔で片眉を上げていた。カレンダーを確認すると今日は二月十一日。バレンタインデー当日は火曜日なので、確かに時間をかけて作ろうとするのならば今日が一番いいだろう。

「すみません。由芽ちゃんが、これを秘密で作りたいって言うので」

「だってパパをびっくりさせたかったんだもん。私でも一人で作れるっていうのを見せつけたかったし！　それに、ママだって『これを贈ったら、ちょっとは前みたいにイチャイチャできるかな……』って、作る時に呟いてたじゃん！」

「き、聞いてたの⁉」

ひっくり返った声を上げながら、麻衣子の顔が一気に赤く染まる。

「パパとママいっつもイチャイチャしてるのに、もっとイチャイチャしたいんだなぁってびっくりしちゃったから」

「あの、そうね。はい、うん……」

気まずいのだろう麻衣子が由芽から目線を外したその時、ちょうど直樹と目が合った。

彼女は赤かった顔をさらに赤く染めて、恥ずかしそうにぎゅっと目をつむった。そのい
じらしい様子に今度はこちらの胸が高鳴った。——可愛い。すごく可愛い。

「由芽ちゃん。今日うちに泊まりに来る？」

そう言ったのは様子を見守っていた結花だった。彼女の提案に由芽は、ぱあぁぁぁと
顔を輝かせる。

「え！　泊まる！　絶対に泊まる！　めぐちゃんいる⁉」

「いるわよ。もちろん」

「やったぁあぁ！」

由芽は両手を挙げながら跳びはねた後、その場を駆け回りはじめた。

そんな娘と親友を見て、麻衣子は困惑した声を出す。

「あ、あの、結花ちゃん？」

「私から二人へのバレンタインプレゼントよ。明日いっぱい預かってあげるから、思う
存分イチャイチャしてきなさい！」

それはさすがに悪いと直樹も「いや……」と何か言葉を発しそうになるが、香川に肩

を叩かれ口を閉ざしてしまう。

「そうだぞ！　この際だから、二人目作ってきてもいいからな！」

「そういうことを子供の前で言わないでください！」


そうして、あっという間に三人は出ていってしまった。香川家に泊まることになった由芽はずっと上機嫌で、初めてのお泊まりだというのに「いってきまーす！」と特に臆するそぶりも見せなかった。

二人っきりになり、麻衣子は直樹に深々と頭を下げた。

「なんか、すみません！　は、恥ずかしいこと考えちゃってて……」

「いいですよ。というか、嬉しいです。俺も同じことを思っていましたし」

「え？」

「最近、母親と父親という立場でしか会話してないなと、ちょっと寂しくなっていました」

「そう、なんですね」

そう言う麻衣子はどこまでも嬉しそうだった。うつむきながらほころんだ顔に胸がぎゅっと締め付けられる。数日前に身体をつなげているにもかかわらず、その感覚はちょっと新鮮で、香川もたまにはいいことをするな、と、その時ばかりは直樹も思ってしまった。

「麻衣子さんが作ったチョコレートは？」

「大人二人はブラウニーを作ったので、今冷蔵庫の中です」

「そうですか」

直樹は麻衣子の腰を引き寄せる。

「それは後からゆっくり食べるので。とりあえず、キスでもしませんか？」

麻衣子が頷くと同時に、二人の唇はゆっくりと重なった。

神宮寺《じんぐうじ》――日本有数の通信会社を営む華麗なる一族。その本家には、三人のイケメン御曹司たちがいる。自ら興《おこ》した会社の敏腕社長である長男・陸斗《りくと》、有能な跡取りとして次期社長の座を約束されている次男・成海《なるみ》、人気モデルとして活躍する三男・大《ひろ》空《たか》。容姿も地位も兼ね備えた彼らが、愛しいお姫様を手に入れるために全力を尽くすけど……?

B6判　定価：704円（10%税込）　ISBN 978-4-434-28867-8

本書は、2019年9月当社より単行本として刊行されたものに、書き下ろしを加えて文庫化したものです。


この作品に対する皆様のご意見・ご感想をお待ちしております。

おハガキ・お手紙は以下の宛先にお送りください。

【宛先】

〒150-6008 東京都渋谷区恵比寿4-20-3 恵比寿ガーデンプレイスタワー8F
（株）アルファポリス　書籍感想係

メールフォームでのご意見・ご感想は右のＱＲコードから、
あるいは以下のワードで検索をかけてください。

アルファポリス　書籍の感想　検索

ご感想はこちらから

エタニティ文庫

旦那様《だんなさま》は心配症《しんぱいしょう》

秋桜《あきざくら》ヒロロ

2023年1月15日初版発行

文庫編集－熊澤菜々子
編集長－倉持真理
発行者－梶本雄介
発行所－株式会社アルファポリス
〒150-6008東京都渋谷区恵比寿4-20-3 恵比寿ガーデンプレイスタワー8F
TEL 03-6277-1601（営業）　03-6277-1602（編集）
URL https://www.alphapolis.co.jp/
発売元－株式会社星雲社（共同出版社・流通責任出版社）
〒112-0005東京都文京区水道1-3-30
TEL 03-3868-3275
装丁イラスト－黒田うらら
装丁デザイン－MiKEtto
（レーベルフォーマットデザイン－ansyyqdesign）

印刷－株式会社暁印刷

価格はカバーに表示されてあります。

落丁乱丁の場合はアルファポリスまでご連絡ください。

送料は小社負担でお取り替えします。


ISBN978-4-434-31476-6 C0193